GRAZIA DELEDDA

Sa mama
(La madre)

Romanzu

tradutzione de Giovanni Muroni

NOR

In cobertina: Giuseppe Biasi, *Processione del Cristo*, 1935.

Colletzione "Le Grazie"

PoD Edition

Tìtulu orìginàriu: *La madre* (Treves, 1920).
Tradutzione dae s'italianu de Giovanni Muroni.

GRAZIA DELEDDA
Sa mama
ISBN **978-88-3309-037-5**

Editziones NOR, carrera Lombardia 11, I-09074 Ilartzi (Aristanis), Sardigna.
www.nor-web.eu – info@nor-web.eu

Presentada

Sa mama (*La madre*) est essidu publicadu a puntadas in su 1919 in su cuotidianu romanu "Il Tempo" e s'annu in fatu in volume pro Treves, editore de primore de autores famados, chi aiat giai acollidu in catàlogu paritzas òperas de Deledda.

La madre benit a pustis de una sèrie de romanzos prus connotos, che a *Elias Portolu* (1900), *L'edera* (1908) e *Canne al vento* (1913).

Deledda biviat giai dae binti annos in Roma e aiat tentu renèssida manna de pùblicu e de crìtica. Mancari discutiant pro comente collocare s'òpera sua, totu sos istudiosos fiant de acordu chi sa narrativa deleddiana, chi sa poètica si fiat formada in Sardigna ebbia, aiat oramai logradu sa maturidade.

Dae su cumintzu de su sèculu sos romanzos suos ant cumintzados a èssere traduidos foras de s'Itàlia puru[1], e in su 1928 sa tradutzione inglesa de *La madre* (*The Mother*), de Mary G. Steegmann, teniat sa prefatzione de David Herbert Lawrence, chi aiat biagiadu in Sardigna pròpiu s'annu chi su romanzu de s'autora nugoresa fiat publicadu in volume. Custa tradutzione at cunfirmadu sa renèssida foras de s'Itàlia de Deledda.

S'autore inglesu at bidu comente custu romanzu fiat unu de su prus pagu tìpicos, su prus pagu continentale, ca faeddaiat de unu tema universale: s'impossibilidade de un'amore chi ligat unu preìderu a una fèmina. Pro Lawrence sa Sardigna, cun sas passiones de tziviltade arcàica, fiat semper su nodu de sa narratzione, in ue cumandat sa lògica de s'istintu.

Sa crìtica imbetzes s'est cuntzentrada in s'istesiamentu dae sa narratzione de in antis. Difatis in custa òpera Deledda abbandonat su contu liniare e si dèdicat a una narratzione

---

1) A die de oe su romanzu *Sa mama* resurtat furriadu in 16 limbas: inglesu (1922), tedescu (1922), àrabu (1926), finlandesu (1928), oryia (1954), ispagnolu (1956), afrikaans (1966), frantzesu (1981), esperanto (1983), irlandesu (1985), bengalesu (1986), catalanu (2009), tamil (2014), tzinesu (2015), sardu (2016) e portoghesu brasilianu (2018). Fonte: OCLC WorldCat.

moderna in ue sos fatos de sos protagonistas essint a pìgiu dae bisos e flashback.

Sa presèntzia de su diàulu e de sas superstitziones, su paesàgiu interiorizadu, s'avertimentu chi faltare a su dovere suo giughet semper a s'irreparàbile sunt costantes semper presentes in s'òpera de Deledda. Ma in custu romanzu sa Sardigna est una presèntzia agiumai prus isfumada: a essire a pìgiu sunt imbetzes sas psicologias de sos personàgios, leados dae sa sòlita luta intre disìgiu e proibitziones, chi custa borta pertocat unu de sos tabù prus mannos. Su tema de sa bagadiesa de sos preìderos, giai afrontadu dae Deledda in *Elias Portolu*, e de su votu de castidade, bidu comente unu sacrifìtziu malu a cumprèndere, cunfirmant s'atualidade e su coràgiu de su pensamentu de s'iscritora nugoresa.

SA MAMA

Cuddu note puru, duncas, Pàule fiat cuncordende pro nche essire.

Sa mama, in s'aposentu a costàgiu, dd'intendiat movende·si a cua, isetende, forsis, pro essire, chi issa esseret istudadu sa lughe e s'esseret corcada.

Issa aiat istudadu sa lughe ma non si fiat corcada. Sètzida in s'oru de sa ghenna s'istringhiat sas manos tostas de tzeraca, galu ùmidas dae s'istèrgiu, incarchende a pare sos pòddighes mannos pro si fàghere fortza; ma su pistighìngiu creschiat prus e prus, binchiat su tostorrìmine suo de isperare chi su figiu s'esseret asseliadu, chi, che a in antis, s'esseret postu a lèghere o esseret andadu a dormire. E difatis pro carchi minutu non si fiant intèndidos prus sos passos a fura de su preìderu pitzocu: s'intendiat ebbia, in foras, su sonu de su bentu acumpangiadu dae su murmutu de sas matas in sa costera a segus de sa domighedda de su preìderu: unu bentu non forte meda ma sighidu e issimingiosu chi pariat chi fascaiat sa domo cun una tira manna chi tzichirraiat, semper prus istrinta, chi pariat chi nde dda cheriat tirare dae fundu e ghetare a terra.

Sa mama aiat giai serradu su portale cun duas istangas a rughe, pro non fàghere intrare su diàulu, chi sas note de bentu girat in chirca de ànimas: ma però ddoe creiat pagu a custas cosas, e como pensaiat cun amargura, e unu pagu riende·si·nde de issa etotu, chi s'ispìritu malignu fiat giai a intro de sa domighedda issoro; chi bufaiat dae sa broca de Pàule suo e fiat mòlia·mòlia in antis de s'ispigru de issu apicadu acanta de sa fenestra.

Inte': Pàule fiat torra movende·si; mancari fiat pròpiu in dae in antis de s'ispigru, finas si a sos preìderos no ddis est permìtidu. Ma it'est chi non si permitiat Pàule, dae carchi tempus a como?

Sa mama s'ammentaiat de dd'àere atzapadu, cuddos ùrtimos tempos, abbaidende·si meda in s'ispigru che a una fèmina, a s'innetiare e a si lughidare sas ungras, a s'ispatzulare sos pilos chi tiraiat a in artu a pustis de ddos àere fatos crèschere, comente chirchende de cuare su signale sacru de sa chèriga.

E usaiat finas profumos, s'innetiaiat sas dentes cun pruereddos nuscosos e si passaiat su pètene finas in chìgios...

Ddi pariat de ddu bìdere, como, comente chi su muru s'esseret crepadu: nieddu in su fundu de s'aposentu suo totu biancu, artu, finas tropu artu, unu zangallone, andende e benende cun su passu discoidadu de pitzocu, trabuchende e fugende de pagu in pagu, ma sena de rùere mai. Sa conca fiat unu pagu manna in su tzugru fine, e sa cara groga incarcada dae sa fronte grussa chi pariat chi ddu custringhiat a s'inchigire pro s'isfortzu de dda sustènnere e agiumai a serrare sos ogros longos: imbetzes sas barras fortes, sa buca manna e trempuda e su bruncu tostu pariat chi si cheriant rebellare issos puru ispretziende a custa incarcadura, ma sena de si nde pòdere liberare.

E allò·ddu como chi si firmaiat in dae in antis de s'ispigru, e totu sa cara ddi lughiat ca sos covacos de s'ogru s'artziaiant e in sa trasparèntzia de sos ogros castàngios sa pipia brillaiat che unu diamante.

Sa mama fiat presada, a sa fine, in su coro suo de mama, de ddu bìdere de gasi, bellu e forte; cando su passu a fura de issu dd'aiat torrada a sa pena sua.

Fiat essende, como nde fiat segura, fiat essende. Aiat abertu sa ghenna de s'aposentu. Si fiat torra firmadu. Forsis fiat allentende issu puru s'origra pro intèndere sos sonos a inghìriu. Su bentu ebbia sighiat a fèrrere contra a sa domo.

Sa mama aiat provadu a si nde pesare, a aboghinare.

"Fìgiu meu, Pàule, creatura de Deus, firma·ti."

Ma una fortza prus manna de sa volontade sua firmaiat a issa. Sos ghenugros ddi tremiant, comente rebellende·si a cudda fortza infernale: sos ghenugros ddi tremiant, ma sos pees non si cheriant mòvere; fiat comente chi duas manos poderosas ddos esserent firmados a terra.

De gasi Pàule suo fiat pòdidu calare a sa muda in s'iscalina, aiat pòdidu abèrrere sa ghenna e si nch'andare: pariat chi su bentu nche dd'aiat tragiadu de corpu.

Issara ebbia nche fiat resurtada a si nde pesare, a torrare a allùghere sa candela, ma custu puru dd'aiat dadu traballu, ca sos alluminos lassaiant sìngias longas de lughe biaita in su muru in ue ddos frigatzaiat, ma non s'allumaiant.

A sa fine sa lugherra pitica de otone aiat ispartu unu velu de lughe in s'aposenteddu nudu e pòveru che a su de una tzeraca, e issa aiat abertu sa ghenna e si fiat incarada, ascurtende. Si tremiat; epuru si moviat totu chìdrina, tètera che fuste, cun sa conca grussa in su corpus bassoteddu e forte chi, ammuntadu cun unu pannu nieddu iscoloridu, pariat segadu a segura dae su truncu de unu chercu.

Dae sa ghenna, in artu, bidiat sas iscalineddas de pedra bàina, artas artas in mesu de sos muros biancos, e in fundu sa ghenna chi su bentu iscutulaiat in sas gafas. Aiat bidu sas istangas chi Pàule nd'aiat leadu arrimadas a su muru, e si fiat totu ferenada.

Nono, cheriat bìnchere su dimòniu. Aiat arrimadu sa candela a subra de sas iscalineddas, fiat calada e fiat essida issa puru.

Su bentu agiumai nche dd'aiat tragiada, unfrende·ddi su mucadore e sa bestimenta; pariat chi dda cheriat custrìnghere a torrare a intro: issa s'aiat acapiadu a forte su mucadore e aiat sighidu a conca bassa comente pro atumbare a s'intopu; de gasi nch'aiat passadu muru·muru sa domo, s'ortu e sa crèsia: in ie in s'ala si fiat firmada. Pàule aiat furriadu in ie e fiat atraessende agiumai bolende, che a unu pugione nieddu e mannu, cun sa coa de su manteddu bentulende, su campu in dae in antis de una domo betza acanta acanta de sa costera chi serraiat s'orizonte a subra de sa bidda.

Su crarore, a cando in colore de chelu a cando grogu, de sa luna incarrargiada dae nue mannas currende, illugheraiat su campu erbosu, sa pratzighedda de terra de sa crèsia e de sa domo, e duas filas de domigheddas chi curriant a furrigheddadura in sos duos chirros de unu caminu in calada chi finiat in sas tupas de sa badde. E in ie in mesu ddoe fiat, che a aterunu caminu intortigadu e in colore de chinisu, su riu, chi issu puru s'ammisturaiat cun sos rios e sos caminos de s'iscenàriu fantàsticu chi sas nues, ispintas dae su bentu, cumponiant e iscumponiant ogna tantu in s'orizonte a s'essida de sa badde.

In sa biddighedda non si bidiat prus una lughe, unu filu de fumu. Fiant dormidas sas domigheddas pòveras apicadas che a duas filas de berbeghes in sa calada de erba, in s'umbra de sa cresiedda chi cun su campanile suo fine fine, apogiadu a suta de sa costera, pariat su pastore arrambadu a su matzocu.

Sos àlinos in fila in dae in antis de su parapetus de sa pratza de crèsia s'iscutulaiant furiosos in su bentu, nieddos e ispramados che mostres; a su fruschiu issoro rispondiat su lamentu de sos fustiarbos e de sos cannedos in sa badde: e a totu cuddu dolore notianu, a s'assupu de su bentu e a su naufragare de sa luna intre sas nues, s'ammisturaiat s'angùstia avolotada de sa mama chi poniat in fatu a su fìgiu.

Finas a issara si fiat illùdida in s'isperàntzia de ddu bìdere calende a bidda pro bisitare a carchi malàidu: allò·ddu imbetzes currende comente tragiadu dae su diàulu a sa domo antiga a suta de sa costera.

E in sa domo antiga a suta de sa costera ddo'aiat ebbia una fèmina sana, giòvana e sola...

E, imbetzes de intrare dae sa ghenna che a unu chi est faghende una bisita, allò·ddu andende deretu a sa ghennighedda de s'ortu, e custa aberende·si e serrende·si in fatu suo che a una buca niedda chi nche dd'ingulliat.

Issara issa puru fiat partida che lampu a traessu de su campu, comente ponende in fatu a sa trassa in s'erba lassada dae issu, finas a sa ghennighedda, chi aiat ispintu a forte cun sas manos abertas.

Sa ghennighedda no aiat tzèdidu: antis pariat chi faghiat fortza a s'imbesse; e a sa fèmina dd'aiat bènnidu gana de dd'iscùdere corpos, de aboghinare; aiat abbaidadu a subra e aiat aparpoddiadu su muru comente a ddu provare. In fines, disisperada, aiat allentadu s'origra; ma s'intendiant ebbia sas matas de s'ortu fruschiende, comente chi issas puru, amigas e còmplitzes de sa mere, esserent chertu cuare totu sos àteros sonos acanta.

Ma però sa mama cheriat bìnchere issa, cheriat intèndere, ischire... O mègius, sigomente in coro suo ischiat giai sa beridade, si cheriat galu illùdere de si faddire.

Sena de chircare prus de si cuare fiat colada muru·muru in s'ortu, in sa domo, e galu prus in bassu, finas a su portale: e aparpoddiaiat sas pedras comente chirchende·nde una chi esseret tzèdidu, chi esseret lassadu un'istampa pro intrare.

Fiat totu tostu, fitu, serradu: su portale, sa ghenna, sas fenestras cun sas inferriadas, pariant sas aberturas de una fortalesa.

Sa luna, in cuddu momentu crara in unu lagu in colore de chelu, illugheraiat sa fatzada rujàstiga ammuntada dae s'umbra de sa cumbessa ammuntada de erba: sos bidros de sas fenestras, sena de persianas ma cun sos iscurinos serrados dae intro, lughiant che ispigros birdòschinos rifletende sas nues e sas mantzas de chelu e sas matas movende·si de sa costera.

Issa fiat torrada in segus, isfiorende cun sa conca sas lòrigas pro sos caddos: si fiat torra firmada in dae in antis de sa ghenna e totu in unu, in dae in antis de cudda ghenna arta a subra de tres iscalinas de granitu, a suta de un'arcu gòticu e listada de ferru, si fiat intèndida avilida, impotente a bìnchere, prus pitica de cando a pipia istentaiat in ie cun sos àteros pitzocos de sa bidda isetende a essire su mere pro ddis ghetare carchi soddu.

A bortas, in cuddu tempus antigu, sa ghenna fiat aberta in campu e lassaiat bìdere un'intrada oscura a impedradu, cun istradas: sos pitzocos lompiant finas a su liminàrgiu aboghinende e sas boghes intronaiant a intro de sa domo comente in una gruta: una tzeraca s'incaraiat a ddos catzare.

– Ah, tue puru ddoe ses, Maria Madalena? Non nde tenes birgòngia a andare cun cussa canall, manna comente ses?

E issa si nch'istesiaiat timerosa, finas si si furriaiat torra a abbaidare curiosa fache a intro, in cuddu logu misteriosu de sa domo; e de gasi si nch'istesiaiat como, istringhende·si sas manos disisperada e furriende·si a abbaidare sa ghennighedda chi nch'aiat ingurtu a Pàule suo che una trampa: ma a manu a manu chi torraiat in sos passos suos e torraiat a domo sua si pentiat de no àere aboghinadu, de no àere iscutu pedras a sa ghenna pro si dda fàghere abèrrere e chircare de si nche torrare a leare a fìgiu suo: si pentiat, si firmaiat, torraiat a andare a in antis, torraiat a parare, time·time e avolotada, bassu chi s'istintu de si regòllere, de si fàghere fortza in antis de su cumbatimentu finale dd'aiat apretada a torrare a domo sua comente una bèstia ferida a su nidu.

Comente fiat intrada aiat serradu sa ghenna e si fiat sètzida istrampende·si in s'iscalina.

Dae subra calaiat su crarore treme·treme de sa lugherra e totu, a intro de sa domighedda finas a issara firma e trancuilla che unu nidu in mesu de rocas, pariat nànniga·nànniga: sa roca fiat iscutulada dae fundu, su nidu fiat acanta de rùere.

Su bentu in foras s'istrasinaiat prus a forte: su diàulu frigatzaiat sa domo de su preìderu, sa crèsia, totu su mundu de sos cristianos.

– Deus meu, Deus meu! – aiat tzunchiadu sa mama: e sa boghe pariat sa de ateruna fèmina.

Issara aiat abbaidadu s'umbra sua in su muru de s'iscalina, e dd'aiat fatu un'atzinnu cun sa conca. Eja, ddi pariat ca non fiat sola: e aiat cumintzadu a arresonare comente chi de a beru ateruna persone dda fiat intendende e torrende paràula.

– Ite potzo fàghere, pro ddu sarvare?

– Iseta·ddu inoghe, bassu chi torrat, e faedda·ddu craru e a forte, luego, su cantu ses galu in tempus, Maria Madalena.

– S'at a inchietare. At a negare. Est mègius a andare a su pìscamu e ddu pregare a nos nche leare dae custu logu de perditzione. Su pìscamu est un'òmine de Deus e connoschet su mundu. M'apo a inghenugrare in pees suos: mi paret de ddu bìdere, bestidu de biancu, in sa sala sua ruja, cun sa rughe de oro lughende in petus e duos pòddighes deretos a beneìghere. Paret Cristos deretu. Dd'apo a nàrrere: «Mussegnore, vostè ischit chi sa parròchia de Aar, a prus de èssere sa prus pòvera de su Regnu, est ferta dae maleditzione. Pro giai chentu annos est istada sena de pàrracu e sa gente si fiant ismentigados de Deus. A coa nche nd'at andadu unu a sa fine, de pàrracu, ma Mussegnore dd'ischit ite òmine fiat cuddu. Bonu e santu finas a sos chimbanta annos: at acontzadu sa domo de su preìderu e sa crèsia, at fatu fàghere unu ponte in su riu, de butzaca sua; e andaiat a cassa e s'abitaiat cun pastores e cassadores. Totu in unu est cambiadu. S'est fatu malu che sos rajos. Faghiat fatuzos. At cumintzadu a bufare, s'est fatu prepotente e manilongu. Pipaiat sa pipa, frastimaiat e si setziat in terra a giogare a cartas cun sos peus farabutos de sa bidda: chi pro cussu dd'istimaiant e dd'amparaiant; mentras sos àteros ddu rispetaiant pròpiu pro custu. A coa in sos ùrtimos annos s'est inserradu in domo, solu, sena de mancu una tzeraca: essiat pro nàrrere sa missa ebbia, ma dda naraiat in antis de arbèschere e non ddo'andaiat nemos. E nant chi dda naraiat imbriagu. Sos parrochianos non s'atriviant a dd'acusare ca timiant e ca naraiant ca dd'amparaiat su diàulu etotu: e cando si fiat ismalaidadu peruna fèmina est cherta andare a dd'atèndere; nen fèminas e nemmancu òmines, de cuddos comente s'ispetat, sunt andados a dd'atèndere sas ùrtimas dies; epuru a de note si bidiant totu sas fenestras illuminadas e narant chi, cuddas notes, su diàulu at iscavadu unu passàgiu a suta de terra, dae in ie a su riu, pro si nche leare finas sos restos mortales de su preìderu. E dae custu passàgiu s'ispìritu de su pàrracu torraiat, sos annos a pustis, a pustis de sa morte, dominaiat galu in sa domo, in ue perunu àteru satzerdotu cheriat bènnere a bìvere. Beniat unu preìderu dae ateruna bidda ogna domìniga, a nàrrere sa missa e a interrare sos mortos; ma una note s'ispìritu de su pàrracu mortu nd'at fatu rùere su ponte. Deghe annos est abarradu sena de preìderu custu logu, bassu chi est bènnidu Pàule meu. E deo cun issu. At agatadu sa bidda e sa gente agrestados, sena de fide; ma totu est torradu a frorire, a pustis chi est bènnidu Pàule; comente sa terra cando torrat su beranu. Ma sos superstitziosos naraiant bene: malas pascas dd'ant a tocare a su pàrracu nou ca s'ispìritu de s'àteru regnat galu in custu logu. Calicunu narat chi no est mancu mortu; chi bivet inoghe in una domo a suta de terra chi comùnicat cun su riu. Naro sa beridade, deo non ddo'apo mai crèidu a custas cosas, e no apo mai intèndidu mancu sonos. Sete annos semus inoghe, cun Pàule meu, comente in unu cumbentu piticu. Finas a pagu tempus Pàule biviat galu che a unu pipiu innotzente: istudiaiat e pregaiat, e biviat pro su bene de sos parrochianos. Calicuna borta sonaiat finas su pipajolu. Non fiat allegru, de caràtere, ma fiat serenu. Sete annos de paghe e abbundàntzia che a sos de sa Bìblia. E non bufaiat, Pàule meu, no andaiat a cassa, non pipaiat, no abbaidaiat fèmina. Totu su dinari chi podiat regòllere ddu poniat a acontzare su ponte a suta de bidda. Como tenet bintoto annos Pàule meu; e mi' chi sa maleditzione ddu persighit. Una fèmina dd'atzapat in su latzu. Mussegnore su pìscamu, mandet·nos·nche dae inoghe; sarvet a Pàule meu: si nono at a pèrdere s'ànima che a su pàrracu betzu. E in prus tocat a sarvare a sa fèmina puru: est una fèmina sola, a sa fine, esposta issa puru a sas tentatziones in sa soledade de domo sua, in sa desolatzione de custa biddighedda, in ue nemos est dignu de ddi fàghere cumpangia. Mussegnore su pìscamu, vostè dda connoschet a custa fèmina: at retzidu a issu e sa corte sua cando est bènnidu in vìsita pastorale. Nche nd'at de roba e de logu in cudda domo! E sa fèmina est rica, indipendente, sola, tropu sola! Tenet frades e una sorre, ma totus a tesu, cojuados a àteras biddas. Est abarrada sola inoghe, a bardiare sa domo e sos benes: e essit pagu. Pàule meu mancu dda connoschiat, finas a pagu tempus. Su babbu fiat un'òmine unu pagu istravagante, mesu segnore, mesu biddaju, cassadore e erèticu. Bastat a nàrrere ca fiat amigu de su pàrracu betzu. No andaiat mai a crèsia; ma cando s'est ismalaidadu s'ùrtima borta at mandadu a mutire a Pàule meu; e Pàule meu dd'at assìstidu finas a sa morte, e dd'at fatu unu funerale comente non nd'aiant bidu mai in custu logu. Non mancaiat nemos de sa bidda: mancu sos pipios de naschidòrgiu in palas de sas mamas. A coa Pàule meu at sighidu a bisitare s'ùnica supèrstite de sa domo. E custa òrfana bivet sola, cun tzeracas malas. Chie dda ghiat, chie dda cussìgiat? Chie dd'agiuat si no dd'agiuamus nois?».

Ma s'àtera dd'aiat pregontadu: – Segura ses, Maria Madalena? Segura segura ses de su chi pensas? De a beru ti podes presentare a su pìscamu e faeddare de gasi de figiu tuo e de cudda àtera persone, cun sas provas in manu? E si no est beru nudda?

– Deus meu, Deus meu!

S'aiat cuadu sa cara in sas manos e luego aiat bidu a Pàule suo e a sa fèmina in un'aposentu in bassu de sa domo antiga: un'istàntzia amprosa, chi daiat a s'ortu, cun sa bòveda fata in tundu, su pavimentu de tzimentu semenadu de pedrigheddas de mare: una tziminera manna fiat incassiada in unu de sos muros, cun duas istradas a costàgiu e in dae in antis unu divanu antigu; sos muros arbiados mudados cun armas, concas de cherbos cun sa corramenta, cuadros cun sas telas nieddas totu iscorrioladas e in ue si bidiat ebbia, a tretos, nadende in s'umbra, carchi manu de colore terrosu, carchi pìculu de cara, o una tritza de fèmina o carchi frùtora.

Pàule e sa fèmina fiant sètzidos in dae in antis de su fogu e s'istringhiant sas manos...

– Deus meu! – aiat torradu a nàrrere sa mama tzunchiende.

E pro fuire a sa visione diabòlica nd'aiat evocadu ateruna. E la' cudda matessi istàntzia illugherende·si de una lughe birdòschina chi intrat dae sa fenestra a inferriada aberta a chirru de su campu, e dae sa ghenna chi in su bòidu ischintiddant sas fògias de s'ortu galu ùmidu dae su lentore de s'atòngiu. Passat una currente de àera chi movet carchi fogighedda sica in su pavimentu e faghet nannigare sas cadeneddas de sa làmpada de otone antiga a subra de sa tziminera.

Dae una ghenna iscarangiada si allàmpiant àteros aposentos unu pagu iscuros, cun sas fenestras serradas.

Issa est in cue, isetende, cun frùtora chi Pàule suo mandat a regalu a sa mere de domo. E sa mere benit, agiumai currende ma unu pagu difidente; benit dae sas istàntzias iscuras; bestida de nieddu: sa cara sua groga, istrinta in mesu de duos cucajones de tritzas nieddas e sas manos biancas làngias làngias essint foras dae s'umbra che a cuddas de sas figuras de cuddos cuadros.

E finas cando si bidet totu, in sa lughe de s'istàntzia, sa persone sua pitica e istrìgile tenet carchi cosa de malefidadu, de suspeto-su. Sos ogros suos mannos, oscuros, abbàidant luego a fissu sa pischedda cun sa frùtora arrimada in sa mesa, a coa imbòddiant cun una mirada profunda a sa fèmina chi est isetende, e unu risitu lestru, chi est de allegria ma finas de befe, dd'illùgherat sa buca trista e sensuale.

E su primu dùbbiu de sa mama, issa galu no ischit pro ite, naschet in cuddu momentu.

Issa no ischiat galu pro ite, ma ammentaiat su coidadu chi sa pitzoca dd'aiat retzida, faghende·dda sètzere acanta sua e pregontende·ddi novas de Pàule. Ddi naraiat Pàule, che frade; ma a issa no dda trataiat che mama, ma agiumai che a una rivale chi tocaiat de lusingare e indormigare.

Dd'aiat fatu serbire su cafè in una safata manna de prata dae una tzeraca iscurtza chi giughiat sa cara fascada che mora; dd'aiat faeddadu de sos duos frades a tesu e potentes, presende·si·nde, sena de ddu pàrrere, de si bìdere in mesu de issos comente intre duas colunnas chi susteniant su fràigu de sa vida sua solitària. A ùrtimu dd'aiat ammustradu s'ortu dae sa ghenna de s'istàntzia.

Figu biaita ammuntada dae unu prùere in colore de prata, e pira, e budrones de àghina de oro si bidiant intre su birde lughente de sas matas e de sa bide. E issara pro ite Pàule aiat mandadu su donu de frùtora a chie nde teniat giai meda?

Galu como in s'umbraghe treme·treme de s'iscalina sa mama torraiat a bìdere sa mirada befulana e tierna chi sa pitzoca dd'aiat dadu saludende·dda, e su modu de abbassare sos covacos de s'ogru graes, comente chi no esseret connotu aterunu modu de cuare sos sentimentos chi ddi traspariant dae sas pipias de sos ogros.

E cuddos ogros, e cuddu modu de iscoviare cun ìmpetu de sintzeridade ma luego cuare s'ànima, s'assimigiaiant in manera ispantosa a sos de Pàule suo; tantu chi sas dies a pustis, mentras pro su cumportamentu de issu su suspetu creschiat e si faghiat terrore, issa non pensaiat cun òdiu a sa fèmina chi dd'intzidiaiat a pecare, ma pensaiat a su modu de sarvare a issa puru comente chi dd'esseret figia.

S'atòngiu e s'ierru fiant passados sena de fatos chi esserent cunfirmadu su suspetu suo; ma como, a sa torrada de su beranu, tirende sos bentos de martzu, su diàulu si torraiat a pònnere in òpera.

Pàule essiat a de note e andaiat a sa domo antiga.

"Comente apo a fàghere a ti sarvare?"

Su bentu rispondiat, dae foras, comente faghende·si·nde sa befe, e iscudiat sa ghenna.

E issa ammentaiat chi finas benende a sa biddighedda, cun Pàule suo, a pustis chi fiat istada binti annos tzeraca e aiat resìstidu a ogna ispuntorgiada de vida, privende·si de s'amore e de su pane pro pesare comente si tocat a cuddu pòveru pitzocu e ddi dare su bonu esèmpiu, unu bentu malu ddos aiat atzapados in caminu.

Issara puru fiat in beranu, ma totu sa badde pariat de repente leada torra dae s'angùstia de s'ierru; ogna fògia si furriaiat, sas matas si torchiant e pariat chi abbaidaiant a unu chirru e a s'àteru timerosas sas nues chi pigaiant lestras nieddas e lughende dae ogna parte de s'orizonte; pedras manna de gràndine calaiant che ballas istampende sas fògias moddes.

A sa furriada de su caminu, in ue custu dòminat sa badde e cumintzat a calare fache a su riu, su bentu aiat imbestidu de gasi a forte a sos biagiadores chi sos caddos si fiant firmados, innigrende, cun sas origras deretas dae sa timòria. E difatis su bentu ddis iscutulaiat sos frenos che a unu bandidu chi ddos esseret firmados a su tzugru pro assachiare a sos biagiadores. Finas Pàule, chi puru pariat chi fiat ispassiende·si, aboghinaiat cun tonu aizu superstitziosu: – Est pròpiu s'ispìritu indimoniadu de su pàrracu betzu chi nos cheret fàghere torrare in segus.

Su bentu ddi furaiat sas paràulas dae buca e ddas isperdiat a tesu; e issu chircaiat de risitare befajolu; unu risitu a mesu chi ammustraiat sas dentes a su chirru de manca ebbia; ma sa mirada fiat trista, abbaidende a fissu sa biddighedda chi si bidiat, comente in unu cuadru, arrimadu in sa calada birde, a subra de sa riga agitada de su riu, in s'umbra de sa costera càrriga de nues.

Passadu su riu, su bentu fiat abbacadu unu pagu. Totu sos abitantes de sa biddighedda, chi fiant isetende a su pàrracu nou, che a su Messia, si fiant atopados in sa pratza de crèsia.

E como totu in unu sos prus giòvanos a una cambarada andant a atopare a sos biagiadores in s'oru de su riu.

Calant che una nue de istoritos: s'àrea est agitada dae sas boghes issoro.

Lòmpidos a in ue su pàrracu, dd'inghìriant, ddu leant in triunfu, isparende de pagu in pagu fusiladas in signale de allegria. Sas boghes issoro e sos isparos intronant totu sa badde: finas su bentu abbacat e su tempus malu sessat.

Finas in cudda ora de angùstia sa mama s'unfraiat totu torrende a bìvere cudda ora de triunfu. Ddi pariat galu de andare comente in bisu, de èssere leada dae cuddos giòvanos baraunderis comente dae una nue buddende, e acanta sua Pàule suo, de gasi pitzinnu galu, chi totu cuddos òmines fortes si nch'indurghiant a inghìriu, leaiat una bisura agiumai divina.

Pighende, pighende. In sos puntos prus artos e nudos de sa costera brillant fogos de allegria, sas fràmulas in su fundu de sas nues bèntulant che banderas rujas; e sa biddighedda in colore de chinisu, sas caladas erbosas e sas tamarighes e sos àlinos in sa caminera nde sunt illugherados.

Pighende, pighende. A subra de su parapetus de sa pratza ddo'at aterunu muru de corpos incarados, de concas disigiosas, a punta sas de sos òmines cuguddados, inghiriadas dae sas fròngias bentulende de sos mucadores sas de sas fèminas. Brillant sos ogros de sas pipias, incantadas dae s'ispetàculu; e in su profilu de sa costera sas figurinas fines e nieddas de sos pitzocos chi atzitzant sos fogos parent dimonieddos.

A traessu de sa ghenna aberta in campu de sa crèsia s'allàmpiant tremulende che frores de nartzisu in su bentu sas framuleddas de sas candelas; sas campanas tocant a repicu; e sas nues etotu, in su chelu de prata fine, totu a unu murigheddu a inghìriu de su campanile, paret chi sunt firmas abbaidende e isetende.

Una boghe si pesat dae cudda pagu gentòria.

– Allò·ddu! Allò·ddu! Paret unu santu!

De sos santos però teniat su tràgiu trancuillu ebbia: non faeddaiat, non rispondiat a su saludu; non pariat mancu cummòvidu pro cudda dimustratzione populare: istringhiat sas lavras ebbia e abbassaiat sos covacos de s'ogru archende sos chìgios comente chi ddi pesaiat sa fronte. Totu in unu sa mama, cando fiant in mesu de sa gentòria, dd'aiat bidu pinnighende·si a unu chirru, comente chi esseret acanta de rùere: un'òmine dd'aiat sustènnidu; issu si nde fiat pesadu luego e fiat curtu a intro de sa cresiedda, si fiat inghenugradu in dae in antis de s'altare e aiat intonadu su rosàriu.

Sas fèminas rispondiant pranghende.

Cuddu prantu de pòveras fèminas, chi fiat totu un'espressione de amore, de isperàntzia, de disìgiu pro unu bene non terrenu, sa mama si dd'intendiat pighende dae sas intragnas in cudda ora de angùstia. Pàule suo! Pàule suo! S'amore suo, s'isperàntzia sua, su disìgiu suo pro unu bene non terrenu, como si nche ddu leaiat s'ispìritu de su male; e issa fiat in ie firma in fundu a s'iscalina comente in fundu a unu putzu, sena de provare a ddu sarvare.

Ddi pariat de afogare: su coro si ddi fiat unfradu, tostu che pedra; ddi fiat dòlidu. Si nde fiat pesada pro pòdere respirare mègius, fiat torrada a pigare e aiat torradu a leare sa candela; e tenende·dda arta si fiat abbaidada a inghìriu in s'aposenteddu suo bòidu, in ue su letu de linna e unu guardarroba puntu ebbia si faghiant cumpangia che duos amigos mannos.

Fiat un'aposentu de tzeraca, su suo: issa no aiat mai pretèndidu de cambiare sorte, acuntentende·si de sa richesa chi fiat pro issa su de èssere sa mama de Pàule suo.

Fiat intrada a s'aposentu de issu: biancu, cun su letigheddu virginale, unu tempus custu aposenteddu fiat ordinadu e simpre che a su de una pitzoca: a issu ddi praghiat sa trancuillidade, su mudore, s'òrdine, e ddoe teniat semper sos frores in sa mesighedda, in dae in antis de sa fenestra; dae carchi tempus però non s'incuraiat prus de nudda; lassaiat sos calàscios abertos, sos libros in sas cadreas e finas in terra.

Dae s'abba chi si fiat sabunadu in antis de essire pigaiat unu nuscu forte de rosa; una beste sua fiat fulliada a longu a longu in terra che a un'umbra: s'umbra de issu rutu.

Cuddu fragu, cudda umbra, nd'aiant torra bogadu sa mama dae s'avilimentu; aiat regortu inchieta sa beste dae terra e s'intendiat tanta fortza de regòllere de gasi a issu puru. A coa aiat postu unu pagu de òrdine in s'aposentu, caminende a forte sena de si nd'incurare prus de non fàghere sonu cun sas iscarpas suas de massaja. Aiat torradu a acostare a sa mesighedda sa cadrea de pedde in ue si setziat pro istudiare e dd'aiat iscutu sos pees a terra comente pro dd'ordinare de abarrare in ie e ddi promìtere chi issu diat torrare luego a su postu suo: a coa aiat abbaidadu a chirru de s'ispigrigheddu apicadu acanta de sa fenestra...

In sa domo de unu satzerdotu no est permìtidu a tènnere ispigros: depet bìvere sena de s'ammentare chi tenet unu corpus. Nessi in cue su pàrracu betzu rispetaiat sa lege; e ddu bidiant dae su caminu faghende·si sa barba abbaidende·si in su bidru de sa fenestra aberta, chi a segus ddi poniat unu telu nieddu! Pàule imbetzes fiat atiradu dae s'ispigru comente dae sa funtana in ue ddo'at una cara chi risitat, atirat e faghet rùere a intro.

21

E issa aiat istratzadu dae sa puntza s'ispigrigheddu chi rifletiat sa cara sua iscura e inchieta e sos ogros suos minetzosos: s'ira a bellu a bellu dda binchiat. Aiat abertu in campu sa fenestra, lassende intrare su bentu pro purificare s'àera; e sos libros e sos fògios in sa mesa pariat chi s'animaiant, totu bolende finas a sos cugiones prus cuados de s'aposentu; sas fròngias de sa manta de su letu si fiant totu trèmidas, sa framuledda de sa candela si fiat pinnigada timerosa.

Issa aiat regortu sos fògios e ddos aiat torrados a pònnere in sa mesighedda. Issara aiat bidu una Bìblia aberta, cun una figura colorada chi a issa ddi praghiat meda, e si fiat indùrghida a dd'abbaidare mègius: mi', est Deus pastore cun sas berbeghes bufende in s'abbadòrgiu in mesu de su litu. Intre sos truncos de sas matas, in su fundu in colore de chelu de s'orizonte s'allàmpiat una tzitade ruja, illugherada dae s'intrada de su sole: una tzitade santa, sa tzitade de sa sarvesa.

Ei, in sos tempos passados issu abarraiat ischidu su note istudiende; sa fenestra in dae in antis suo s'aberiat in sa costera frorida de isteddos; su rosignolu cantaiat pro issu.

Su primu annu de residèntzia in sa biddighedda, issu faeddaiat de si nch'andare, de torrare a su mundu; a coa si fiat comente dormidu, in s'umbra de sa costera, intre su murmutu de sas matas: e sete annos fiant passados de gasi, e sa mama no dd'apretaiat a si mòvere ca fiant de gasi cuntentos in ie in artu, in sa biddighedda chi a issa ddi pariat sa prus bella de sa terra ca Pàule suo nde fiat su Cristos e su Re.

Aiat serradu sa fenestra e aiat torradu a atacare s'ispigru chi rifletiat sa cara sua chi si fiat fata groga, cun sos ogros annapados de làgrimas.

Si fiat torra pregontada si non si faddiat. Si fiat furriada, in antis de essire, fache a sa rughe apicada in su muru in dae in antis de un'inghenugradòrgiu, artziende sa lugherra pro bìdere mègius: e in sa mossa chi aiant fatu sas umbras ddi fiat partu chi su Cristos istasidu, nudu, istendiadu in sa rughe, fiat pinnighende sa conca pro ascurtare su chi issa ddi cheriat nàrrere. Issara làgrimas mannas ddi fiant caladas in cara, in sa bestimenta: e ddi pariant de sàmbene.

– Deus meu, sarvade·nos a totus. A mie puru, a mie puru. Bois chi seis grogu, sena de sàmbene, cun sa cara, a suta de sa corona de ispinas, dultze che sa rosa in su ruu: bois chi seis a subra de sas passiones nostras, sarvade·nos a totus.

E fiat essida lestra; fiat torrada a calare in s'iscalina, aiat atraessadu sos aposenteddos in bassu. In su crarore fatu de repente dae sa lugherra, carchi musca s'ischidaiat muidende a inghìriu de sos angrones de sos mòbiles betzos.

Dae s'aposenteddu de pràndere, in ue in sa fenestra arta intre su bentu e su sonu de sas matas de sa costera s'iscutulaiant cun una mùida de abba, fiat intrada a coghina e si fiat sètzida in dae in antis de sa tziminera, in ue su fogu fiat giai ammuntadu dae su chinisu.

In ie a intro puru fiat totu treme·treme pro su bentu chi intraiat dae sas tzacaduras: e no ddi pariat de èssere in cudda coghina longa e bassa cun su tauladu tortu sustènnidu dae unu muntone de traes e traigheddas innieddigadas dae su fumu, ma in una barca in mesu de su mare arrennegadu.

E mancari cheriat isetare a torrare su fìgiu e cumintzare luego sa luta, chircaiat de crèere galu de si faddire.

No ddi pariat giustu chi Deus dd'esseret mandadu unu dolore de gasi. E si torraiat a ammentare de su pòveru passadu suo, forrogrende in sas dies suas pro ddo'agatare su sèmene de su male presente: e totu sas dies suas fiant in cue, in coa sua, tostas e puras che sos granos de su rosàriu chi sos pòddighes suos tremende aparpoddiaiant.

Mai aiat fatu malu issa, si non forsis calicuna borta in pensamentu.

Si torraiat a bìdere pitzochedda, òrfana, in domo de parentes pòveros, in cudda matessi biddighedda, maltratada dae totus: andaiat iscurtza, cun pesos graes in conca, a sabunare sos pannos in su riu, a nche leare su trigu a su molinu. Unu tziu suo, agiumai betzu, fiat tzeracu de su molinàrgiu; e ogna borta chi issa calaiat a su molinu, si nemos ddos bidiat, dda poniat in fatu in mesu de sas molas e de sas tupas de tamarighe e dda basaiat punghende·ddi sa cara cun sos pilos tostos de sa barba; e dda preniat totu de farina.

Cando issa dd'aiat contadu in domo, sas tzias no dd'aiant lassada prus andare a su molinu. Issara s'òmine, chi non beniat mai a bidda, una domìniga fiat torradu a domo e aiat naradu ca cheriat a sa pitzoca. Sos àteros parentes riiant e ddu leaiant a ispintas e ddi passaiant s'iscova in palas pro nde ddi leare sa farina; issu lassaiat fàghere, abbaidende a sa pitzoca cun sos ogros lughende. E issa aiat atzetadu; e aiat sighidu a abarrare in domo de sos parentes, ma ogna die calaiat a su molinu, e su maridu, chi issa sighiat a ddi nàrrere tziu, ddi daiat una mesura pitica de farina a cua de su mere.

Una die, torrende cun sa farina in sa pannedda, ddi pariat chi in mesu si moviat carchi cosa. Aiat lassadu assustada sa coa de sa pannedda, e sa farina si ddi fiat ispartzighinada totu in pees: issara si nche fiat istrampada in terra, a gaddìngiu: ddi pariat chi ddo'aiat unu terremotu; si crepaiat totu a inghìriu, sas domigheddas de sa bidda nde ruiant e sas pedras rodulaiant in sa caminera. Issa puru si fiat allomurada in s'erba bianca de farina, a coa si nde fiat pesada e si fiat posta a cùrrere riende, ma galu unu pagu assustada: si fiat abbigiada ca fiat prìngia.

Luego aiat inviudadu, cun Pàule suo chi galu non faeddaiat, ma chi sos ogros lughende pariat chi cheriant bolare: e aiat prantu a su maridu comente a unu bonu parente, non comente a unu pobiddu, consolende·si luego ca una sorrastra dd'aiat propostu a andare cun issa a s'allogare in tzitade.

– De gasi podes campare a fìgiu tuo, e prus a in antis podes fàghere bènnere a issu puru e ddu mandare a iscola.

E de gasi aiat fatu, bivende e traballende pro issu ebbia.

Sas ocasiones de pecare, o nessi de si chircare carchi ispidientu, no ddi fiant mancadas; e nemmancu sa gana. Su mere e su tzeracu, su biddaju e su segnore, a sa fine chie est chi no dd'aiat posta in fatu, che a su tziu in sas tamarighes? S'òmine est su cassadore e sa fèmina sa cassa: epuru issa renessiat a fuire a sas impostadas, e si manteniat pura ca si cunsideraiat giai mama de unu satzerdotu. E issara pro ite custu castigu, o Deus?

Aiat abbassadu sa conca istraca, mentras carchi làgrima ddi calaiat galu dae cara finas in coa, in ue s'ammisturaiat a sos granos de su rosàriu.

Sas ideas si confundiant. Ddi pariat de èssere galu in sa coghina manna, grassa e callente de su seminàriu in ue fiat istada tzeraca deghe annos, in ue apuntu fiat renèssida a fàghere atzetare a Pàule suo: figuras nieddas isfioraiant mudas sos muros grogatzos, e in su passadissu a costàgiu s'intendiant sas risas a cuscusinu e sos pùngios chi sos seminaristas si daiant a cua. Issa istaiat sètzida, istraca morta, acanta de sa fenestra chi daiat a una corte iscura; e giughiat unu tzàpulu in coa, ma non podiat mòvere mancu unu pòddighe, dae cantu fiat istraca.

E finas in bisu ddi pariat chi fiat isetende a Pàule chi fiat essidu a cua dae su seminàriu sena de ddi nàrrere a in ue fiat andende.

"Si si nd'abbìgiant, ddu catzant luego" pensaiat: e isetaiat pistighingiada chi sos sonos esserent sessados, pro renèssere a ddu fàghere torrare a cua.

Totu in unu si nde fiat ischidada, si fiat abbaidada a inghìriu e aiat torradu a bìdere sa coghina de sa domo de su preìderu, istrinta e longa e iscutulada dae su bentu che una barca: ma s'impressione de su bisu curtzu fiat istada de gosi forte chi ddi pariat de giùghere galu in coa su tzàpulu, e de intèndere su rìsidu a cuscusinu e sos pùngios chi sos seminaristas si daiant in su passadissu.

Unu momentu; e sa realidade dd'aiat torrada a aferrare: ddi pariat chi Pàule fiat giai torradu, in s'ìnteri chi si fiat ingalenada, renessende a fuire a s'atentzione de issa.

Difatis, intre sas trèmulas e sas tzacarraduras fatas dae su bentu s'intendiant passos, a intro de sa domo: calicunu fiat caminende, fiat calende in s'iscalina, fiat atraessende sos aposenteddos de bassu, fiat intrende a coghina.

A issa ddi fiat partu chi fiat sighende a bisare. Unu preìderu piticu e grassu, cun sa cara niedda de barba sena de fàghere dae paritzas dies, fiat in dae in antis suo e dda fiat abbaidende risitende. Teniat sa buca isdentada, e sas pagu dentes chi teniat galu fiant nieddas pro su tropu pipare: sos ogros craros cheriant èssere minetzosos, ma pariat chi ddu faghiant pro rìere. Issa dd'aiat connotu luego: fiat su pàrracu betzu. Epuru non fiat ispramada.

"Tantu est unu bisu" aiat pensadu. A sa fine però ddi pariat chi pensaiat de gasi pro pònnere ànimos, e chi s'aparitzione imbetzes fiat reale.

– Setzat – aiat naradu transende s'iscannu pro ddi fàghere logu in dae in antis de sa tziminera. E issu si fiat sètzidu, artziende unu pagu sa tònaca e ammustrende sas mìgias turchinas iscoloridas e istampadas.

– Giai chi ses inoghe sena de fàghere nudda mi podes acontzare sas mìgias, Maria Madalena; peruna fèmina m'at prus atèndidu – aiat naradu trancuillu. E issa pensaiat: "Custu est cuddu pàrracu terrìbile? Si bidet pròpiu chi so bisende".

E aiat chircadu de dd'isfùtere.

– Si est mortu ite si nde faghet de sas mìgias?

– E chie ti ddu narat a tie ca so mortu? So biu e comente, imbetzes, e so inoghe. E luego nch'apo a bogare a fìgiu tuo, e a tie cun issu, dae domo mea. Peus pro sa matza bostra, si ais chertu bènnere a istare inoghe: fiat istadu mègius si dd'aias fatu fàghere s'arte de su babbu, a fìgiu tuo. Ma tue ses una fèmina ambitziosa: as chertu torrare a mere in ue ses istada a tzeraca. Como già dd'as a bìdere su balàngiu.

– Nos nch'andamus – aiat naradu ùmile e addolorida. – Est custu su disìgiu meu. Òmine biu o pantasma chi sias, tene passèntzia carchi die: nos nch'andamus.

– E a in ue cheres andare? Inoghe o in cuddenis est su pròpiu. Prus a prestu, pone mente a unu chi nd'ischit: lassa·ddi sighire su destinu suo, a Pàule tuo. Lassa·ddi connòschere sa fèmina: si nono dd'at a capitare su chi est capitadu a mie. Su cantu fia giòvanu no apo chertu nen fèminas nen pragheres. Mi cheria balangiare deo puru sa Glòria, e non cumprendia ca sa Glòria est in sa terra. Cando mi nde so abbigiadu fiat tardu; su bratzu meu non lompiat prus a goddire sa frùtora dae sa mata, e sos ghenugros non si pinnigaiant prus pro pòdere bufare in sa funtana. Issara apo cumintzadu a bufare binu, a pipare sa pipa, a giogare a cartas cun sa canàllia de sa bidda. Canàllia ddi narades boisàteros; pitzocos bonos chi si godint sa vida comente podent. Sa cumpangia issoro faghet bene; faghet unu pagu de callentu e de allegria, che a sa de sos pitzocos in vacàntzia. Issos però sunt semper in vacàntzia, e pro custu sunt galu prus allegros e discoidados de sos pitzocos, chi tenent su coidadu de dèpere torrare a iscola.

In s'ìnteri chi fiat narende custas cosas sa mama fiat pensende: "Est faeddende de gosi ca mi cheret cumbìnchere a lassare dannare a Pàule meu. Dd'at mandadu s'amigu suo e mere, su diàulu: tocat a dare atentzione".

Epuru, finas si non cheriat, dd'ascurtaiat cun praghere, e agiumai ddi daiat resone. Pensaiat chi, mancari s'isfortzaiat, finas Pàule suo si podiat pèrdere, andare issu puru 'in vacàntzia', e su coro de mama fiat giai in chirca de iscusas pro issu.

– Vostè podet tènnere resone – aiat naradu, semper prus ùmile e addolorida, ma como unu pagu finghende, – deo so una pòvera fèmina ignorante e non cumprendo nudda; ma una cosa segura ebbia già dd'isco: chi Deus nos at bogadu a su mundu pro sufrire.

– Deus nos at bogadu a su mundu pro godire; nos faghet sufrire pro nos castigare de no àere ischidu godire, custu ei, fèmina tonta. Deus at creadu su mundu cun totu sas bellesas e a pustis dd'at regaladu a s'òmine pro si ddu godire; peus pro chie no ddu cumprendet. Ma mancu mi nd'importat de ti cumbìnchere, comente crees tue. M'importat de bos catzare a tesu dae inoghe, a tie e a Pàule tuo. Peus pro sa matza bostra si ais chertu bènnere a istare inoghe.

– Nos nch'andamus, istet trancuillu, nos nch'andamus luego. Custu si ddu potzo promìtere: non penso a àteru.

– Tue ses faeddende de gosi ca mi times. Ma faghes male a mi tìmere. Tue crees chi so istadu deo, a ti firmare sos pees e a non fàghere allùghere sos alluminos: e podet èssere chi so istadu deo, ma no est naradu chi pro custu deo chèrgio fàghere male a tie e a Pàule tuo. Chèrgio ebbia a bos nch'andare: alla ca si non mantenes sa paràula ti nde pentis; issara nos amus a torrare a bìdere e t'apo a ammentare custu chistionu nostru. Pro como ti lasso sas mìgias de acontzare.

– Andat bene; si ddas acontzo.

– Serra sos ogros, issara, ca non chèrgio a mi bìdere sas ancas nudas. Ah ah, – aiat rìsidu, boghende·si·nde s'iscarpinu dae unu pee cun sa punta de s'àteru, e indurghende·si a coa pro si nde bogare sas mìgias, – peruna fèmina at bidu mai sa carre mea, mancari calunniadu m'apant: e tue ses betza e lègia pro èssere sa prima. Le' una mìgia, le' s'àtera: torro luego a mi nche ddas leare...

Issa aiat abertu sos ogros e si nde fiat atzicada. Fiat torra sola in sa coghina inghiriada dae sa mùida de su bentu.

– A ratza de bisos, Deus meu – aiat murmutadu suspirende. Epuru si fiat indùrghida a chircare sas mìgias, mentras ddi pariat de intèndere sos passos lenos de sa pantasma chi si nch'andaiat, sena però de essire dae sa ghenna.

Cando si fiat atzapadu torra in su campu, a pustis de àere lassadu a sa fèmina, a Pàule puru ddi fiat partu chi su bentu teniat carchi cosa de biu, chi fiat a duas caras: dd'ispinghiat e respinghiat; ddi daiat una sensatzione de fritu, a pustis de su bisu ardente, e a su matessi tempus dd'apitzigaiat sa beste a subra, e a cuddu cuntatu issu s'ammentaiat atzutzuddidu de sa fèmina atacada a issu in s'abratzu de s'amore.

A sa furriada de sa crèsia sa fùria de su bentu fiat de gasi forte chi issu si fiat dèpidu firmare un'iscuta a conca bassa tenende·si cun una manu su capeddu e cun s'àtera sa beste: ddi mancaiat s'àlidu; dd'aiat fatu a gaddìngiu comente a sa mama in sa calada de sa badde cando si fiat abbigiada de èssere prìngia.

Issu puru sentiat, e fiat unu sensu de disgustu e praghere paris, chi a intro suo in cuddu momentu naschiat carchi cosa de terrìbile e de mannu: s'abbigiaiat, pro sa prima borta cun prena cussèntzia, chi amaiat a sa fèmina de amore carrale e chi fiat presadu de custu amore.

Finas a pagu oras in antis si fiat illùdidu, narende a issu etotu e a issa de dd'amare in manera ispirituale ebbia. Reconnoschiat però chi fiat istada issa a dd'abbaidare pro primu. Finas dae su primu atopu issoro sos ogros de issa aiant chircadu sos suos cun una mirada chi imploraiat agiudu e amore.

E a bellu a bellu issu si fiat lassadu leare dae cudda mirada, fiat acostadu a issa cun unu sentidu de piedade: sa soledade chi ddos imboddiaiat, ddos ispinghiat unu a chirru de s'àteru.

E a pustis de sos ogros si fiant chircadas e istrintas sas manos: e cuddu note si fiant basados. E luego su sàmbene de issu, chietu dae annos meda, ischintiddaiat totu che unu lìcuidu ardente: sa carre tzedet, binta e vitoriosa paris.

E sa fèmina dd'aiat propostu de fuire dae sa bidda, de bìvere o mòrrere unidos. In s'ammaju issu aiat atzetadu sa proposta; si depiant torrare a bìdere su note in fatu pro cuncordare mègius.

Como sa realidade de su mundu esternu, e cuddu bentu chi pariat chi ddu cheriat ispogiare, nde ddi leaiant su velu de s'ingannu.

Si fiat firmadu assupende in dae in antis de sa ghenna de sa crèsia. S'intendiat totu cancaradu; ddi pariat de s'atzapare nudu a subra de sa biddighedda e chi totu sos pòveros parrochianos suos, in su sonnu traballosu issoro, ddu depiant bìdere de gosi: nudu, nieddu de pecadu.

Epuru pensaiat a sa mègius manera de fuire cun sa fèmina. Issa dd'aiat naradu chi teniat dinari meda...

Dd'aiat bènnidu gana de torrare luego in segus e de dd'istorrare: difatis aiat fatu carchi passu muru·muru, in ue fiat passada pagora sa mama; a pustis fiat torradu in segus confusionadu, fiat rutu inghenugradu in dae in antis de sa ghenna de sa crèsia e aiat arrambadu in ie sa conca tzunchiende.

– Deus meu, sarvade·mi.

S'intendiat iscudende in palas s'ala nieddu de su manteddu: e pro carchi momentu fiat abarradu de gasi, che unu bentùrgiu incravadu biu in sa ghenna.

Totu s'ànima sua s'agitaiat cun fùria, cun un'assupu furiosu prus de su de su bentu in sa campeda: una gherra suprema intre s'istintu tzurpu de sa carre e s'impositzione de s'ispìritu.

A coa si nde fiat pesadu, sena de ischire galu bene cale de sos duos aiat bintu. Ma però s'intendiat giai prus in sensos, e si giuigaiat. Aiat naradu a issu etotu chi, prus de su terrore e s'amore de Deus, e su disìgiu de innaltziatzione e òdiu pro su pecadu, timiat a isprama sas conseguèntzias de s'iscàndalu.

E su de s'abbigiare ca si fiat giuighende disapiadadu dd'incoragiaiat, ddi promitiat sa sarvesa. Ma a sa fine s'intendiat de èssere oramai atacadu a sa fèmina comente a sa vida etotu; dda giughiat cun issu, in domo, in su letu; e diat dormire cun issa, imboddiada in sa retza trobeddada de sos pilos suos longos.

E a suta de su dolore suo aparente, in fundu a su èssere suo intendiat totu un'avolotu de gosu brusiende che a unu fogu a suta de terra.

Ma comente aiat abertu sa ghenna de domo, dd'aiat fertu s'ispera de lughe chi partiat dae sa coghina e atraessaiat s'istant-ziedda de pràndere e s'intrada: a coa aiat bidu a sa mama sètzida comente bigende a unu mortu in dae in antis de su fogu istudadu; e cun unu sensu de angùstia chi no dd'aiat abbandonadu prus aiat cumprèndidu luego totu sa beridade.

Aiat atraessadu sas istantzieddas ponende in fatu a cudda camineredda de lughe, aiat trabucadu in s'iscalina de sa ghenna de coghina e fiat lòmpidu finas a sa tziminera a sas manos ispartas comente a si sarvare dae sa rutòrgia.

– E pro ite seis galu pesada? – aiat pregontadu àrridu.

Sa mama si fiat furriada, groga mera in cara, galu marcada dae sa màscara de su bisu; fiat firma, però, calma, belle chìdrina: sos ogros chircaiant sos de su fìgiu, mentras issu fuiat cudda mirada.

– Fiat isetende·ti, Pàule. In ue fias?

Issu intendiat chi cale si siat paràula chi no esseret sa beridade, diat èssere intre issos duos una cummèdia inùtile: epuru tocaiat a nàrrere fàulas.

– A chircare a una malàida – aiat rispostu luego.

Sa boghe sua forte pariat chi aiat cantzelladu pro un'iscuta su bisu malu. Un'iscuta. Sa mama si fiat illugherada de cuntentesa: poscas s'umbra ddi fiat torrada a calare in cara e in coro.

– Pàule – aiat naradu a bellu, abbassende sos ogros cun aizu de birgòngia, ma sena de dubitare galu, – acosta, ti depo faeddare.

E mancari issu non fiat acostadu aiat sighidu a bellu, comente faeddende·ddi in s'origra: – Dd'isco in ue ses istadu. Sunt paritzas notes chi t'intendo essende; e custu sero t'apo postu in fatu, e apo bidu a in ue ses intradu. Pàule, pensa a su chi ses faghende.

Issu fiat abarradu a sa muda: pariat chi no aiat intèndidu. Sa mama aiat torradu a artziare sos ogros; dd'aiat bidu artu a subra sua, biancu che sa morte, firmu in s'umbra sua in su muru che a Deus in sa rughe.

E diat àere chertu chi issu esseret aboghinadu, proclamende·si innotzente.

Issu imbetzes torraiat a pensare a s'iscràmiu de s'ànima sua in dae in antis de sa ghenna de sa crèsia: e luego Deus dd'aiat intèndidu e dd'aiat mandadu sa mama etotu a ddu sarvare. Te- niat gana de s'indùrghere, de ddi rùere in coa, de dda pregare a nche ddu leare luego torra dae sa biddighedda; e a su matessi tempus s'intendiat su bruncu tremende pro sa birgòngia e su ferenu: umiliatzione ca aiat bidu iscoberta sa debilesa sua; ferenu ca dd'aiant postu in fatu e oretadu. Epuru sufriat galu pro su dolore chi daiat a issa.

Aiat pensadu luego chi non de si sarvare issu, depiat sarvare sas aparèntzias puru.

– Mama, – aiat naradu acostende e ponende·ddi una manu in conca – apo naradu ca so andadu a chircare a una malàida.

– Non nche nd'at de malàidos in cudda domo.

– Non totu sos malàidos istant in su letu.

– E issara tue ses prus malàidu de sa fèmina chi ses andende a assìstere, e tocat chi ti cures. Pàule, deo so una fèmina ignoran- te, ma ti so mama; e ti naro ca su pecadu est una maladia peus de ogna àtera ca tacat s'ànima puru. E in prus, – aiat agiuntu aferrende·ddi sa manu e tirende·ddu pro ddu fàghere indùrghere e ascurtare mègius, – non ses tue ebbia chi ti depes sarvare, figiu de Deus... Pensa ca non depes pèrdere s'ànima sua... e mancu ddi fàghere dannu in custa vida.

Issu si fiat indùrghidu meda, ma luego si nde fiat achidadu tèteru che fuste; sa mama dd'aiat fertu in su coro. Ei, fiat beru, in totu cudda ora de avolotu, a pustis lassada sa fèmina, aiat pensadu a issu ebbia.

Aiat chircadu de retirare sa manu, dae cudda tosta e frita de issa, ma dd'aiat intèndida istrinta chi non faghiat a aguantare; e ddi pariat chi fiat presu, arrestadu, leadu a presone.

Aiat pensadu torra a Deus. Fiat Deus chi ddu fiat prendende; tocaiat a si lassare ghiare; ma sentiat finas s'arteriada e su disisperu de su reu arrestadu, chi non bidet bia de fua.

– Lassade·mi, – aiat naradu àrridu, retirende a fortza sa manu, – non so prus unu pitzocu, e già ddu bido deo cale est su male meu e su bene meu.

Issara sa mama si fiat totu atzutzuddida: ddi pariat chi issu dd'aiat cunfessadu s'errore suo.

– Nono, Pàule, tue no ddu bides cale est su male tuo. Si dd'aias bidu no aias faeddadu de gasi.

– E comente dia dèpere faeddare?

– Non dias dèpere aboghinare, e nàrrere chi non ddo'at nudda de male, intre te e sa fèmina. Imbetzes, custu tue no ddu naras, ca in cussèntzia tua no ddu podes nàrrere: e issara est mègius a non faeddare. Non faeddes: non ti ddu pedo; ma pensa bene a su chi faghes, Pàule...

Difatis Pàule abarraiat a sa muda, istesiende·si·nche a bellu: lòmpidu in mesu de sa coghina si fiat firmadu, isetende chi issa esseret sighidu.

– Pàule, deo non tèngio nudda de ti nàrrere, e non ti chèrgio prus nàrrere nudda. Ma apo a faeddare de te cun Deus.

Issara issu ddi fiat andadu agiumai a subra, pariat chi dda cheriat iscùdere; sos ogros ddi lughiant.

– Bastat! – aiat aboghinadu. – Mègius chi non faeddeis prus de custu; nen cun megus nen cun nemos. Tenide·bos pro bois sas fantasias bostras.

Issa si nde fiat pesada, chìdrina, firma: dd'aiat aferradu a sos bratzos e dd'aiat custrintu a dd'abbaidare in ogros; a coa dd'aiat lassadu e si fiat torra sètzida, cun sas manos acraeddadas in coa e sos pòddighes mannos chi carcaiant e si faghiant fortza a pare.

E issu si fiat aviadu pro si nch'andare; a coa fiat torradu in segus, si fiat postu a caminare in coghina, andende e benende. Su sonu de su bentu acumpangiaiat sa frùsida de sa beste; e fiat una frùsida comente de bestire de fèmina, ca s'aiat fatu fàghere sa tònaca de seda e su manteddu de istofa fine.

E in cuddu momentu de dùbbiu, mentras teniat s'impressione de nch'èssere finidu in unu molinete, cudda frùsida puru ddi faeddaiat, ddi naraiat chi sa vida sua oramai fiat unu trumugiolu de faddinas, de disatinos, de cosas viles. Totu ddi faeddaiat; su bentu, in foras, chi dd'ammentaiat sa soledade longa de sa pitzinnia, e, a intro, sa figura trista de sa mama, s'istrìpidu suo, s'umbra sua etotu.

E andaiat e beniat, andaiat e beniat, cheriat catzigare s'umbra sua, si cheriat bìnchere a issu etotu. Aiat pensadu mannosu chi non ddoe cheriat un'agiudu subrannaturale, comente aiat invocadu, pro si sarvare; ma luego aiat tentu terrore de custa mannosia.

– Pesade·bos·nde e bage a bos corcare – aiat naradu a sa mama, torrende·si a acostare; e, comente dd'aiat bida firma firma, a conca bassa, comente dormida, si fiat indùrghidu pro dd'abbaidare mègius e si fiat abbigiadu chi fiat pranghende a sa muda.

– Mama!

– Nono, – aiat naradu issa sena de si mòvere – no apo a faeddare prus cun tegus, nen cun nemos, de custu; ma non m'apo a mòvere dae inoghe si non pro mi nch'andare dae custa domo e dae sa bidda e non ddoe torrare prus, si tue non mi giuras de non torrare a pònnere unu pee in cudda domo.

Issu si nde fiat achidadu, torra a gaddìngiu: sa superstitzione dd'aiat torradu a leare, dd'aiat sugeridu de promìtere su chi cheriat sa mama, ca fiat Deus etotu chi si ddu pediat pro mèdiu de issa. A su matessi tempus un'undada de faeddos amargos ddi pigaiat in lavras: teniat gana de aboghinare, de ghetare in cara a sa mama e de dda brigare pro nche dd'àere leadu dae sa bidda pro dd'incaminare in unu caminu chi non fiat su suo; ma a ite serbiat? Issa non diat àere mancu cumprèndidu. Via, via! Cun sa manu aiat fatu s'atzinnu de catzare dae in dae in antis de sa cara sas umbras chi passaiant: a coa de repente aiat istendiadu custa manu a subra de sa conca de sa mama e ddi pariat chi sos pòddighes unu pagu abertos s'illonghiaiant in isperas luminosas.

– Ma', bos giuro chi no apo a torrare prus a cudda domo.

E luego si nche fiat istesiadu cun s'impressione chi fiat totu finidu. Fiat sarvu. Epuru atraessende s'istantziedda a costàgiu aiat intèndidu sa mama pranghende a forte comente chi dd'esseret atitende.

Torradu a s'aposentu, su nuscu de rosa e sa bisura de sas cosas chi nch'aiant comente suspidu e si fiant coloridas de sa passione sua dd'aiant torra istronadu: fiat istadu mòlia·mòlia sena de ischire pro ite, aiat abertu sa fenestra, nch'aiat istichidu sa conca in su bentu: e ddi pariat de èssere una de sas milli fògias de sa costera tèndidas in su bòidu, a cando in s'oscuru de s'umbra, a cando in sa lughe lughente de sa luna, in podere de su bentu e de su giogu de sas nues; a sa fine si nde fiat achidadu, aiat serradu e aiat naradu a forte: – Tocat a èssere òmines.

E si fiat adderetzadu, e ddi pariat de èssere totu tèteru e fritu, fascadu in una coratza de mannosia. Non cheriat prus intèndere sa carre sua, nen su dolore nen su gosu de su sacrifìtziu, nen sa tristura de sa soledade; non si cheriat mancu presentare a Deus pro retzire sa paràula de aprovatzione chi si dat a su tzeracu volenterosu: non cheriat nudda dae nemos. Cheriat sighire deretu ebbia, solu, sena de isperàntzia. Epuru timiat a si corcare e a istudare sa lughe. Si fiat postu a lèghere sas Epìstulas de Santu Pàule a sos Corintos; ma sas paràulas si dd'ismanniaiant in dae in antis, o curriant in sas rigas comente chi esserent fuende. Pro ite sa mama pranghiat de gosi, a pustis de su giuramentu de issu? Ite podiat cumprèndere, issa? Ei, cumprendiat; cun sa carre sua de mama cumprendiat s'angùstia mortale de su fìgiu, sa rinùntzia de issu a sa vida.

De repente si fiat fatu ruju, e aiat artziadu sa cara ascurtende su bentu.

"Non ddo'at bisòngiu de giurare" s'aiat naradu cun unu risitu metzanu. "A chie est de a beru forte non giurat. A chie giurat, comente apo giuradu deo, est finas prontu a segare su giuramentu, comente so prontu deo." E luego aiat intèndidu chi sa luta cumintzaiat de a beru: e fiat tantu s'assustu chi si nde fiat pesadu e fiat andadu a s'abbaidare in s'ispigru.

"Abba', ses inoghe, signaladu dae Deus: si tue non t'abbandonas a issu, s'ispìritu de su male t'at a leare sena de remèdiu."

Issara fiat andadu tamba·tamba a su letigheddu, si nche fiat istrampadu bestidu e si fiat postu a prànghere. Pranghiat a bellu, pro non si fàghere a intèndere, pro no intèndere issu etotu su prantu suo; ma a intro suo tzunchiaiat a forte, aboghinaiat cun totu su coro.

"Deus, Deus, aferrade·mi; leade·mi·nche."

E s'intendiat illebiadu de a beru ca ddi pariat de s'èssere abbandonadu a subra de una tàula de sarvesa chi ddu carraiat in mesu de su mare de su dolore suo.

Passada sa crisi, aiat torradu a arresonare.

E como totu ddi pariat craru, comente un'orizonte bidu dae sa fenestra a suta de sa lughe de su sole. Fiat preìderu, creiat in Deus, si fiat cojuadu cun sa Crèsia, aiat giuradu castidade: fiat che a un'òmine cojuadu, a sa fine, chi non depiat traìghere a sa mugere. Pro ite aiat amadu e amaiat a cudda fèmina no dd'ischiat de seguru. Forsis fiat in un'edade de crisi fìsica, fache a sos bintoto annos; sa carre sua indormigada dae s'astinèntzia longa, o mègius galu serrada in un'ispètzia de pitzinnia perlongada, si nde fiat ischidada de repente e tiraiat a cudda fèmina ca fiat sa chi prus fiat sìmile a issu: issa puru non fiat prus giovanedda epuru fiat galu innotzente e priva de amore, inserrada in domo sua che in unu cumbentu.

De gasi, a printzìpiu fiat istadu un'amore pintadu de amighèntzia. Si fiant leados in una retza de risitos, de miradas: s'impossibilidade etotu de s'amare ddos acostaiat; nemos suspetaiat de issos, e issos etotu s'atopaiant sena de turbamentu, sena de timòria, sena de disìgiu: su disìgiu però si nch'istichiat a bellu a bellu in s'amore issoro castu che un'abba muda a suta de unu muru chi de repente si pùdrigat e nde ruet.

Ma totu custas cosas ddas pensaiat issu. Calende bene in sa cussèntzia sua agataiat sa beridade: intendiat de àere disigiadu a cudda fèmina finas dae sa prima mirada: finas dae sa prima mirada si possediant a pare. Totu su restu fiat ingannu chi issu chircaiat de s'iscrùfere a sos ogros suos.

Fiat pròpiu de gasi. E issu atzetaiat sa beridade. Fiat de gasi; e fiat de gasi ca sa natura de s'òmine est custa: sufrire, amare, s'unire, godire, sufrire galu: fàghere e retzire su bene, fàghere e retzire su male: custa est sa vida de s'òmine. E totu su pensare suo no ddi leaiat unu grammu de s'angùstia chi ddi pesaiat in su coro; e como cumprendiat su sentidu beru de custa angùstia: fiat su sentidu de sa morte, ca rinuntziende a amare, a possèdere a cudda fèmina, fiat a rinuntziare a sa vida etotu.

Ma a coa pensaiat: no est vanidade custa puru? Passada s'iscuta de praghere de s'amore, s'ispìritu torrat a leare domìniu de se, torrat, antis si cuat cun prus disìgiu de soledade in sa presone de su corpus mortale chi dd'imbòddigat. Pro ite duncas sufrire pro custa soledade? No dd'aiat atzetada e bìvida pro tantos annos? Sos prus friscos de sa vida sua? "Mancari mi nche dia pòdere fuire de a beru cun Agnese, e mi cojuare cun issa, dia abarrare su matessi solu a intro meu..."

Epuru su pronuntziare ebbia su nùmene de issa, s'idea ebbia de sa possibilidade de bìvere cun issa, dd'aiant fatu totu atzutzuddire: e issara aiat torra intèndidu sa fèmina istendiada acanta sua: dd'aiat faeddada in su tzugru tèbidu, in sos pilos isortos chi fragaiant unu pagu agrestes che su frore de su tzaferanu. E dd'aiat naradu, mossighende su cabidale, totu sos versos de su *Càntigu de sos Càntigos*, e cando custos fiant finidos dd'aiat naradu chi diat torrare sa die in fatu, e chi fiat cuntentu de dare dolore a sa mama e a Deus, e de àere giuradu, e de s'èssere abbandonadu a su rimordimentu, a sa superstitzione, a su terrore, pro segare totu e torrare a in ue issa.

Poscas aiat torra arresonadu.

Comente su malàidu s'acuntentat de connòschere nessi sa diàgnosi de su male, issu si diat acuntentare de ischire nessi pro ite ddi capitaiat totu custu. Aiat chertu issu puru torrare a fàghere totu su caminu de sa vida sua che a sa mama.

Su sonu de su bentu acumpangiaiat sos ammentos suos prus a tesu e prus isfumados. Si torraiat a bìdere in unu corrale, in ue, no ischiat; forsis su corrale de sa domo in ue fiat allogada sa mama; apicadu in su muru cun àteros pipios. A subra de su muru fiat totu semenadu de piculeddos de bidru acutzos che puntas de resòrgia: ma mancu custu daiat istorbu a sos pitzinnos a s'incarare, mancari s'istropiaiant sas manos; antis provaiant unu tzertu praghere a s'istropiare, e s'ammustraiant su sàmbene pare pare, a coa si dd'assutaiant a suta de su suercu, cumbintos chi de gasi nemos si diat abbigiare de sas fertas issoro. Dae su muru bidiant su caminu ebbia, in ue fiant lìberos de andare: ddis praghiat a machine a nche pigare in su muru ca fiat proibidu; e s'ispidientaiant a iscùdere a pedra sas pagu persones chi passaiant, cuende·si a coa, intre su gustu de sa proesa fata e sa timòria de èssere iscobertos. Una pitzochedda guasta e surda setziat palas a sa domo de sa linna, in fundu a su corrale; e dae in ie in fundu ddos abbaidaiat cun duos ogros mannos e oscuros, suplichende e severos: sos pitzinnos dda timiant, ma non s'atriviant a dd'importunare, antis faeddaiant a bellu comente chi ddos esseret pòdidu intèndere, e a bortas ddi naraiant a giogare cun issos. Issara sa pipia riiat allegra, a iscassiadura, ma non si moviat dae su cugione suo.

Bidiat torra cuddos duos ogros profundos giai prenos de una lughe de dolore e de disìgiu; ddos torraiat a bìdere in fundu a sa memòria sua comente in fundu a su corrale misteriosu: e ddi pariat chi s'assimigiaiant a sos de Agnese.

A coa si torraiat a bìdere in su matessi caminu in ue iscudiat a pedra a sos chi passaiant, ma prus in bassu, a sa furriada a chirru de unu guturinu ùmidu, serradu in fundu dae domigheddas nieddas totu ammurigheddadas.

Issu biviat intre su caminu e su guturinu, in una domo de gente comente s'ispetat, totu fèminas grassas e sèrias chi serraiant ghennas e fenestras cando iscurigaiat e retziant petzi a àteras fèminas e a preìderos, chi ddoe brullaiant, puru, ma riende aizu in punta de lavras cun cumpostesa.

Fiat istadu pròpiu unu de custos preìderos chi una die, a pustis de dd'aere aferradu a sas palas, istringhende·ddu a forte intre sas ancas làngias che corru e artziende·ddi cun fortza cun sa manu sa cara birgongiosa, dd'aiat pregontadu: — Beru est chi ti cheres fàghere preìderu?

Issu aiat fatu chi ei cun sa conca: e, a pustis de àere retzidu una maginedda e unu pìculu de gatò, fiat abarradu in ie in unu cugione a ascurtare sos chistionos de sas fèminas e de sos preìderos; fiant faeddende de su pàrracu de Aar, contende chi andaiat a cassa e pipaiat sa pipa e si lassaiat crèschere sa barba: ma però su pìscamu no ddu cheriat suspèndere ca fiat difìtzile chi aterunu preìderu esseret atzetadu a andare a sa biddighedda ispèrdida. De su restu su pàrracu arriscadu minetzaiat de acapiare e de ghetare in su riu a chie si siat chi s'esseret atrividu a ddi leare su postu.

— Sa peus cosa est chi cuddos macoteddos de Aar ddu cherent bene e timent finas a issu e sos fatuzos suos. Calicunu creet chi siat s'Anticristu. Sas fèminas narant chi dd'ant a agiuare a acapiare e ghetare in su riu a su chi at a bènnere a pustis suo.

– Intèndidu as, Pàule? Si ti faghes preìderu e cheres andare a sa bidda de mama tua, prepara·ti bene.

Fiat una fèmina chi brullaiat, Marielena, sa chi dd'ammiraiat e cando ddu petenaiat ddu tiraiat a issa e cun sa bentre callente e su petus modde ddi daiat s'impressione de unu cabidale de cotone. Issu dda cheriat bene a beru a custa Marielena; mancari manna de dossu teniat una cara fine, cun sas trempas benadas de rosa e sos ogros castàngios de una dultzura tierna; issu dd'abbaidaiat dae bassu in artu, comente s'abbàidat sa frùtora cota in sa mata: forsis issa fiat istada su primu amore suo.

A pustis fiant cumintzadas sas dies de su Seminàriu. In Seminàriu nche dd'aiat leadu sa mama, unu mangianu de santugaine in colore de chelu e cun fragu de mustu. In cue ddo'est su caminu in pigada, e in artu s'arcu chi unit su Seminàriu a sa domo de su pìscamu, tòrchidu che una curnisa manna in su cuadru de s'orizonte craru de domigheddas, de matas, de iscalinas de granitu, cun sa turre de sa catedrale in su fundu. S'erba torraiat a nàschere in s'impedradu, in dae in antis de sa domo de su pìscamu: passaiant òmines a caddu, e sos caddos teniant sas ancas longas, sos archiles piludos, sos ferros lughende. Issu annotaiat custas cosas ca abbaidaiat in terra, unu pagu tenende birgòngia de se, unu pagu tenende birgòngia de sa mama. Emmo, pro ite no ddu depiat nàrrere una bona borta? Nd'aiat tentu unu pagu birgòngia de sa mama, ca fiat tzeraca, ca fiat de cudda biddighedda de macoteddos. A coa ebbia, a coa meda, aiat bintu custu istintu suo indignu a fortza de volontade e de mannosia, e prus nd'aiat tentu birgòngia, sena de motivu, de s'orìgine sua, prus si nde fiat a pustis bantadu, cun issu etotu e cun Deus, seberende comente residèntzia sa biddighedda mìsera, e sutaponende·si a sa mama, rispetende sas volontades suas prus ùmiles e sas abitùdines prus miserinas.

Ma a s'ammentu de sa mama tzeraca, antis prus pagu de tzeraca, ca faghiat su mutzu in sa coghina de su Seminàriu, s'acapiaiant sos ammentos prus umiliantes de sa pitzinnia. Epuru issa fiat tzeraca pro issu. Sas dies de cunfessione e comunione, sos superiores ddu custringhiant a andare a ddi basare sa manu pro ddi pedire perdonu de sas faltas suas. Cudda manu chi issa s'assutaiat lestra cun su tzàpulu fragaiat de lissia e fiat totu assada che unu muru betzu; issu nde teniat birgòngia e ddi faghiat ferenu basende·dda, ma pediat perdonu a Deus de non pòdere pedire perdonu a issa.

Deus antis si ddi fiat riveladu de gasi, comente cuadu a segus de sa mama in sa coghina ùmida e fumosa de su Seminàriu; Deus chi est in ogna logu, in chelu e in terra e in totu sas cosas.

In sas oras de esaltatzione, cando cun sos ogros ispabajados in s'iscuru, in s'aposenteddu suo, pensaiat meravigiadu "Deo apo a èssere preìderu; deo apo a cunsacrare s'òstia e dd'apo a fàghere Deus", pensaiat finas a sa mama, e, dae a tesu, sena de dda bìdere, dd'amaiat, reconnoschiat chi dae issa beniat sa mannesa sua etotu, a issa chi imbetzes de ddu mandare a pàschere sas crabas o a carrare sacos de trigu a su molinu, che a sos majores suos, ddu faghiat satzerdotu, unu chi podiat cunsacrare s'òstia e dda mudare in Deus.

De gasi issu cuntzepiat sa missione sua. No aiat connotu nudda de su mundu: sas tzerimònias de sas festas mannas fiant sos prus ammentos suos coloridos, sensuales. Galu dd'ischidaiant, ammentende·ddas a traessu de su lamentu sighidu de sos fastizos suos presentes, unu sentidu de allegria, de lughe: ddi fiant galu in dae in antis che cuadros mannos bios: e issara sa mùsica de s'òrganu in sa catedrale e su sentidu de mistèriu de sas tzerimònias de chida santa s'ammisturaiant apuntu cun su dolore suo presente, cun s'angùstia de vida e de morte chi dd'incarcaiat totu a su letu che a Deus in su sepurcru; Deus mortu chi depet resuscitare ma chi sa carre gùtiat galu sàmbene e sa buca est brusiada de aghedu.

Durante unu de cuddos perìodos de turbamentu mìsticu aiat connotu pro sa prima borta sa fèmina. Galu como a ddoe pensare ddi pariat unu bisu, nen lègiu nen bellu, ma istranu ebbia.

Totu sas festas andaiat a bisitare a sas fèminas in ue fiat istadu a pitzocu: issas ddu retziant comente chi esseret giai satzerdotu, amistosas e finas allegras, ma semper cumpridas; e issu si faghiat ruju abbaidende a Marielena; si faghiat ruju, cosa chi ddu faghiat unu pagu arrennegare, ca mancari sa fèmina ddi praghiat galu, ddi pariat in su realismu suo cruu, grassa, modde, male fata. Epuru sa presèntzia de issa, sos ogros suos dultzes, dd'avolotaiant.

A s'ispissu issa e sas sorres ddu cumbidaiant a pràndere, sas dies de festa. Una borta, sa domìniga de Parmas, in s'ìnteri chi issas fiant aparitzende e fiant isetende a sos àteros istràngios, issu, lòmpidu chitzo, fiat essidu a s'ortigheddu e si fiat postu a caminare acanta de su muru, a suta de sas matigheddas ammuntadas dae fogigheddas de oro.

Su chelu fiat craru che late, s'àera callente e lena pro su bentu de levante: a tesu s'intendiat giai su cantu de su cucu.

De repente, mentras s'artziaiat in puntas de pees pro istacare, a moda de pipiu, una perla de tzònchine dae una mata de mèndula, aiat bidu in su guturinu a s'àtera ala de su muru duos ogros birdòschinos cun sa pipia longa chi ddu fiant fissende. Pariant sos ogros de unu gatu; e totu sa persone de sa fèmina, bestida in colore de chinisu, sètzida allomurada in s'iscalina de una ghennighedda niedda in fundu a su guturinu, teniat carchi cosa de felinu.

Dda bidiat torra, crara crara, in dae in antis suo: ddi pariat de tènnere galu intre su pòddighe mannu e s'inditadore s'istìddiu modde de su tzònchine, mentras sos ogros suos ammajados non si podiant istacare dae sos de issa. E a subra de sa ghennighedda bidiat torra una fenestredda inghiriada dae una tira bianca, cun una rughighedda a subra. Issu connoschiat bene, dae pitzocheddu, cudda ghennighedda e cudda fenestra: e cudda rughe contra a sas tentatziones ddu faghiat a rìere, ca sa fèmina chi biviat in sa domighedda, Maria Pasca, fiat una fèmina mala. Allò·dda galu in dae in antis suo, cun su mucadore a fròngias, abertu in su tzugru biancu, finas a in ue ddi calant che duos gùtios longos de sàmbene sas arrecadas de coraddu. Cun sos cùidos in sos ghenugros e sa cara groga e fine in manos, Maria Pasca non sessat de dd'abbaidare, e in fines ddi risitat, sena de si mòvere: sas dentes biancas, serradas, sos ogros aizu crudeles, creschent s'espressione felina de sa cara. Totu in unu però issa si lassat rùere sas manos in coa, àrtziat sa conca e si faghet sèria e trista. Un'òmine grussu, cun sa berrita furriada a unu chirru pro ddi cuare sa cara, avantzat atentzionosu in su guturinu, furriadu fache a muru.

Maria Pasca si nde pesat luego e torrat a intrare a domo: s'òmine intrat a pustis suo e serrat sa ghenna.

Pàule no aiat mai ismentigadu cantu dd'aiat avolotadu e iscuntzertadu, mentras sighiat a passigiare in s'ortigheddu de sas fèminas, su pensare a cuddos duos inserrados in sa domighedda in su guturinu: fiat una tristura avolotada, un'iscuntzertu chi ddi faghiat disigiare de s'agatare solu, de si cuare che un'animale malàidu; e chi durante su pràngiu dd'aiat fatu prus muduleu de su sòlitu, in mesu de sos àteros istràngios allegros e serenos. Luego a pustis pràngiu fiat torradu a s'ortigheddu: sa fèmina fiat in ie, isetende in su giassu sòlitu, in sa matessi positzione de in antis. Su sole non lompiat mai finas a su cugione ùmidu de sa ghennighedda sua; e pariat chi issa si manteniat de gosi bianca e fine pro s'umbra chi dd'inghiriaiat.

Cando aiat torradu a bìdere a su seminarista non si fiat mòvida, ma dd'aiat torra risitadu, a coa si fiat fata sèria comente cando fiat lòmpidu s'òmine grussu: e dd'aiat pregontadu a forte, faeddende·ddu che a unu pitzocu: – Na', a benis a mi beneìghere sa domo sàbadu? Ocannu passadu su preìderu chi passaiat a beneìghere sas domos no at chertu intrare a sa mea; chi andet a sa furca cun sa bèrtula chi tenet e totu su chi ddo'est a intro.

Issu no aiat rispostu. Dd'aiat bènnidu gana de dd'iscùdere una pedra, antis dd'aiat leada de a beru sa pedra dae su muru, ma poscas dd'aiat lassada e s'aiat innetiadu sa manu cun su mucadoreddu; ma durante totu cudda chida santa, cando ascurtaiat sa missa, cando assistiat a sas tzerimònias sacras, cando cun sa candela in manu faghiat su cudreu a su pìscamu cun totu sos àteros seminaristas, sos ogros de sa fèmina ddi fiant in antis, dd'ossessionaiant. Teniat gana de dd'esortzizare che a un'indimoniada, e a su matessi tempus s'intendiat imbetzes chi s'ispìritu de su male fiat a intro suo. Assistende a sa lavanda de sos pees, mentras su pìscamu s'indurghiat in dae in antis de dòighi pedidores chi pariant de a beru dòighi apòstolos, si fiat cummòvidu pensende chi su preìderu, su sàbadu santu de s'annu in antis, no aiat chertu beneìghere sa domo de sa fèmina mala. E Deus aiat perdonadu a Maria Madalena. Mancari si su preìderu beneighiat sa domo de sa fèmina mala, issa si diat emendare. Custu pensamentu aiat cumintzadu a ddu prènere, a ammuntare totu sos àteros pensamentos suos: pensende·ddoe bene, como, a distàntzia, s'abbigiaiat chi dd'aiat ingannadu s'istintu; in cuddu tempus issu non teniat galu cussèntzia de se; però forsis finas connoschende·si diat èssere andadu su matessi su sàbadu santu in su guturinu de sa fèmina mala.

Dae sa furriada de su guturinu aiat bidu ca Maria Pasca non fiat sètzida in su liminàrgiu; ma sa ghennighedda fiat aberta, signale chi non ddo'aiat istràngios. Sena de ddu chèrrere, issu aiat fatu a sa moda de s'òmine grussu, avantzende atentzionosu, abbaidende fache a muru. Ddi dispraghiat chi issa no esseret in ie, in posta, e bidende·ddu non s'esseret artziada totu in unu sèria e trista. Lòmpidu in fundu a su guturinu dd'aiat bida leende abba dae su putzu a costàgiu de sa domighedda; e aiat intèndidu unu corpu a su coro: ddi pariat de a beru Maria Madalena. E che a Maria Madalena issa aiat furriadu sa cara, mentras fiat tirende sa cartzida, e si fiat fata ruja; mai in vida sua aiat bidu prus fèmina bella. Teniat gana de si nche fuire; ma issa ddu teniat ammajadu. Fiat torrada a intrare a domo cun sa broca de s'abba in manos, e dd'aiat naradu carchi cosa chi issu no aiat intèndidu: e fiat istada issa a serrare sa ghenna, aizu chi issu fiat intradu. Nche fiant pigados in sas iscalineddas de linna chi dae una trapa leaiat a s'istàntzia de subra, sa de sa fenestredda cun sa rughe contra a sas tentatziones.
Lòmpida pro prima, si fiat indùrghida in sa trapa, risitende·ddi dae s'artu, tirende·ddu cun sa mirada; e cando issu puru fiat in s'istantziedda, si ddi fiat acostada, comente a si medire cun issu: cun unu corpu de sa manu dd'aiat fatu sartiare dae conca su capeddu, a coa aiat cumintzadu issa, comente chi esseret s'òmine e issu sa fèmina, a dd'isbutonare sa beste, tochende sos butoneddos rujos cun unu gustu de pipia, comente issu aiat ispicadu su granu de tzònchine dae sa mata de mèndula frorida.

Fiat torradu àteras bortas a dda chircare: ma a pustis chi aiat retzidu sos òrdines e pronuntziadu su votu de castidade non si fiat prus acostadu a fèminas. Sos sentidos si ddi fiant comente achidrinados in sa coratza ghiddiada de su votu suo: cando intendiat contende istòrias iscandalosas de àteros preìderos sentiat mannosia a s'intèndere puru, e ammentaiat s'aventura sua cun sa fèmina de su guturinu comente una maladia chi fiat sanadu de su totu.

Ddi pariat, in sos primos meses passados in sa biddighedda, de àere giai bìvidu totu sa vida sua; de àere connotu totu, sa misèria, s'umiliatzione, s'amore, su praghere, su pecadu, s'espiatzione: de s'èssere retiradu dae su mundu che a sos eremitanos betzos, e de isetare ebbia su regnu de Deus.

E imbetzes, totu in unu sa vida terrena ddi fiat torrada a apàrrere in sos ogros de una fèmina: e issu a printzìpiu si fiat de gasi ingannadu chi dd'aiat leada pro sa vida eterna.

Amare, èssere amadu; non fiat custu su regnu de Deus in sa terra? E su petus suo s'unfraiat galu a s'ammentu. Pro ite totu custu, o Segnore? Pro ite tantu tzurpìmene? In ue chircare sa lughe? Fiat ignorante; e ischiat de ddu èssere; sa cultura sua fiat fata de tretos de libros chi non nde cumprendiat totu s'ispìritu: sa Bìblia massimamente dd'aiat plasmadu cun su romantitzismu e su verismu de àteros tempos: duncas non si fidaiat nemmancu de issu etotu, de sas chircas suas interiores: ischiat de non si connòschere, de no èssere mere de issu etotu; de s'ingannare, de s'ingannare semper.

Dd'aiant iscaminadu. Fiat s'òmine de sos istintos issu, che a sos majores suos molinàrgios o pastores: e sigomente non si podiat abbandonare a s'istintu sufriat. E torraiat a sa prima diàgnosi de su male suo, a sa prus leve e giusta: sufriat ca fiat òmine, ca teniat bisòngiu de sa fèmina, de su praghere, de ingenerare a àteros èsseres; sufriat ca s'iscopu naturale de sa vida est de sighire sa vida, e a issu si ddu proibiant; e custa proibitzione creschiat s'apretu suo.

Ma a coa ammentaiat chi su praghere ddi lassaiat, a pustis godidu, disgustu e angùstia. Ite fiat duncas? No, non fiat sa carre chi pediat de bìvere; ma s'ànima chi s'intendiat inserrada in sa carre e si cheriat liberare dae sa presone sua: in sos momentos de s'ammàchiu supremu de s'amore fiat s'ànima chi fuiat in unu bolu lestru, pro torrare a rùere luego in sa gàbbia sua: ma ddi bastaiat cudda iscuta de liberatzione pro allampiare su logu in ue diat èssere bolada a sa fine de sa presonia sua, cando sa muràllia de sa carre nde diat rùere pro semper: logu de gosu infinidu, s'infinitu.

A sa fine aiat risitadu, tristu e istracu: in ue aiat lèghidu totu custas cosas? Tzertu, ddas aiat lèghidas: non pretendiat de pensare cosas noas. Ite importat? Sa beridade est semper istada sa matessi, uguale a intro de totu sos òmines comente est uguale su coro issoro.

Issu si fiat crèidu diferente dae sos àteros òmines, in disterru voluntàriu, dignu de istare acanta de Deus. Deus forsis ddu castigaiat pro custu; ddu torraiat a mandare intre sos òmines, in sa comunidade de sa passione e de su dolore.

Tocaiat a si nde pesare e a caminare.

Calicunu difatis aiat pichiadu in sa ghenna.

Issu si nde fiat atzicadu comente chi dd'esseret ischidadu de corpu, e si nde fiat iscutu dae su letu a sa moda de unu chi depet partire e timet pro no istentare. Aizu pesadu però si fiat sètzidu distrutu; s'intendiat totu sos ossos truncados; ddi pariat chi dd'aiant iscutu a fuste durante su sonnu. Indùrghidu, cun su bruncu in petus, aiat mòvidu aizu sa conca atzinnende chi ei, chi ei. Ei, sa mama non si fiat ismentigada de ddu mutire chitzo, comente issu si fiat racumandadu sa die in antis. Ei, sa mama sighiat in su caminu suo deretu: no ammentaiat nudda de sas cosas de sa note passada e ddu mutiat comente chi esseret totu uguale a sos àteros mangianos.

Fiat uguale, ei. Si nde fiat torradu a achidare e aiat cumintzadu a si bestire: e a bellu a bellu s'achidrinaiat, s'adderetzaiat, a intro de sa beste sua tosta de gherreri.

Aiat abertu in campu sa fenestra, iscudende sos covacos de s'ogru contra a sa lughe bia de su chelu in colore de prata. Sos ruos de sa costera si moviant totu prenos de lugore e de cantos de pugiones; su bentu fiat sessadu, e in s'àera pura vibraiant sos tocos de sa campana.

Cuddos tocos ddu mutiant: issu non bidiat prus nudda de sas cosas esternas, mancari chircaiat de fuire dae sas cosas suas internas; su fragu de s'aposentu suo ddi daiat unu turbamentu fisicu; sos ammentos ddu punghiant totu. Cuddos tocos ddu mutiant, ma issu non si detzidiat a lassare s'aposentu, e fiat andende e benende agiumai ferenadu: fiat acostadu a s'ispigru e luego si nche fiat istesiadu. Gasi teniat de si nde fuire! S'immàgine de sa fèmina ddi fiat a intro comente sa sua fiat a intro de s'ispigru; issu si podiat segare in milli pìculos: ogna pìculu dda diat mantènnere intrea.

Su segundu tocu de sa missa insistiat, ispuntorgende·ddu; issu andaiat inoghe e in cuddenis chirchende carchi cosa chi no agataiat. A sa fine si fiat sètzidu in dae in antis de sa mesighedda e aiat cumintzadu a iscrìere.

In antis aiat copiadu sos versetos de sa ghenna istrinta «intrade in sa ghenna istrinta etc...» a pustis ddos aiat cantzellados e in s'imbesse de su fogigheddu aiat iscritu: «Dda prego de non m'isetare prus. Nois nos semus imboligados a pare in una retza de ingannos: tocat a dda segare luego pro si liberare, pro non rùere a fundu. Deo no apo a bènnere prus: m'ismèntighet, non m'iscriat, non chirchet de mi bìdere prus».

Fiat caladu e aiat mutidu a sa mama in su passadissu de intrada: dd'aiat aporridu sa lìtera, sena de dd'abbaidare.

– Leade·nche·dda luego, – aiat naradu cun boghe isorrogada – procurade de dd'intregare a issa, e torrade luego.

Si fiat intèndidu leende dae manos sa lìtera e fiat curtu foras, torra illebiadu pro su momentu.

Sa campana sonaiat giai su de tres tocos, a subra de sa biddighedda muda, a subra de sas baddes galu in su colore de chinisu e de prata de s'arbèschida.

Figuras de paesanos betzos, cun su matzocu acapiadu a su burtzu cun una corria, e de fèminas cun sa conca manna e cuadrada in su dossu piticu, fiant benende in su caminu in pigada e pariat chi fiant pighende dae sa profundidade de sa badde.

Cando totus fiant a intro de sa cresiedda, e sos betzos si fiant sètzidos a suta de sa balaustera de s'altare, unu fragu de agreste si fiat ispartu a inghìriu.

Antiogu però, su giàgonu pitzocu, chi serbiat sa missa, moviat s'intzenseri mandende su fumu fache a sos betzos pro nd'istesiare su fragu malu.

A bellu a bellu una nue de intzensu aiat partzidu s'altare dae su restu de sa cresiedda, e su giàgonu brunu in sa beste bianca, e su preìderu grogu in sos paramentos de brocadu rujatzu si ddoe fiant mòvidos in mesu comente in una nèbida perlada.

A totus duos ddis praghiat meda su fumu e su fragu de s'intzensu, e dd'usaiant meda. Furriende·si a sa navada su preìderu aiat serradu sos ogros comente chi non bidiat bene in mesu de cudda nèbida: poscas si fiat inchigidu. Non pariat cuntentu chi sos fideles fiant pagos, e pariat chi nd'isetaiat àteros. Calicunu istentosu difatis fiat assortende: fiat assortida a ùrtimu sa mama puru, e issu si fiat fatu grogu finas in lavras.

Sa lìtera duncas fiat istada intregada, su sacrifìtziu fatu: unu suore de morte dd'infundiat sas memòrias; e cando aiat cunsacradu s'òstia aiat tzunchiadu tra se: – Deus meu, bos ofèrgio sa carre mea, bos ofèrgio su sàmbene meu.

E ddi pariat de bìdere a sa fèmina, issa puru cun su fogigheddu in manu che un'òstia cunsacrada: leghiat e ruiat a terra dismajada.

Finida sa missa si fiat inghenugradu istracu, narende cun boghe monòtona una preghiera in latinu; sos fideles rispondiant, e a issu ddi pariat chi fiat bisende, disigende de si ghetare a mautzis in pees de s'altare e dormire che unu pastore in sa roca nuda.

Bidiat intre su fumu de s'intzensu, a segus de su bidru de su nitzu, sa Nostra Segnora pitica chi su pòpulu creiat miraculosa, niedda e fine che unu cammeu incrastadu in unu medallione: e dd'abbaidaiat, comente chi dd'esseret torrende a bìdere issara ebbia, a pustis de tantu tempus, a pustis de un'ausèntzia longa. In ue fiat istadu, totu cuddu tempus? Non s'ammentaiat bene, teniat sa mente confusionada: ma totu in unu si nde fiat ischidadu, si nde fiat pesadu, si fiat furriadu, e, cosa de su restu non noa ma non tropu frecuente, si fiat postu a faeddare cun sos fideles. Faeddaiat in sardu, cun boghe rasposa, comente brighende a sos paesanos betzos chi s'incaraiant barbudos intre sas colunnas de sa balaustera pro ascurtare mègius, e a sas fèminas chi fiant apirpieddadas mesu curiosas e mesu timerosas. Su giàgonu, cun su libru in su bratzu, dd'abbaidaiat cun sos ogros longos oscuros, a coa abbaidaiat a sos fideles e iscutulaiat sa conca comente pro ddos minetzare brullende.

– Ei, – fiat narende su preìderu – su nùmeru bostru est semper prus iscassu: si mi fùrrio agiumai nde tèngio birgòngia a abbaidare:

mi paret de èssere unu pastore chi at pèrdidu sas berbeghes. Sa domìniga ebbia sa crèsia est unu pagu prus prena; ma abisu ca benides prus pro iscrùpulu chi non pro fide; pro abitùdine e non pro bisòngiu; comente bos cambiades sa bestimenta, comente bos pausades. Bene, est tempus de si nd'ischidare: est tempus de si nd'ischidare totus. Non naro a bènnere, ogna mangianu, sas mamas de famìllia, e sos òmines chi in antis de arbèschere depent andare a traballare: ma sas bagadias, sos betzos, sos pitzinnos, totu sos chi deo como essende dae crèsia apo a bìdere in sos liminàrgios saludende su sole essende, totus depent bènnere inoghe a cumintzare sa die cun Deus, a saludare a Deus in domo sua, a leare fortza pro su tretu de caminu de fàghere. Si faghides de gasi, at a iscumpàrrere sa misèria chi bos ròsigat, e sos malos usos ant a isparire, e sa tentatzione at a èssere a tesu dae bois. Est ora de si nd'ischidare chitzo su mangianu, e de si sabunare e cambiare sa bestimenta ogna die, non sa domìniga ebbia. Bos iseto totus, issara, cumintzende dae cras: amus a pregare paris pro chi Deus no abbandonet a nois e sa biddighedda nostra comente no abbandonat su prus piticu de sos nidos; e pro sos chi sunt malàidos e non podent bènnere amus a pregare pro chi sanent e caminent.

Si fiat furriadu de repente e su giàgonu su pròpiu. Pro carchi momentu in sa cresiedda aiat regnadu unu mudore de gosi forte chi s'intendiat su picapedreri chi pichiaiat a segus de sa costera. A coa una fèmina si nde fiat pesada, e acostende a sa mama de su preìderu dd'aiat postu una manu in palas, indurghende·si a ddi nàrrere a bellu: – Tocat chi fìgiu bostru bèngiat luego a cunfessare a su Re Nicodemu, chi est malàidu meda.

Sa mama aiat artziadu sos ogros essende dae sa pena sua. Si fiat ammentada chi su Re Nicodemu fiat unu cassadore betzu, istrambu, chi biviat in una pinneta in sa campeda; e aiat pregontadu si ddo'aiat bisòngiu chi Pàule suo esseret pigadu a in ie in artu a ddu cunfessare.

– Nono, – aiat murmutadu sa fèmina – sos parentes nche dd'ant giai caladu a bidda.

Sa mama issara fiat andada a avèrtere a Pàule suo, in sa sagrestia pitica in ue fiat finende de s'ispogiare agiuadu dae Antiogu.

– Tue benis a domo in antis, a ti bufare su cafè?

Issu no dda cheriat abbaidare in cara: no dd'aiat nemmancu rispostu e pariat totu inferiadu pro si dare còidu e currere a in ue su betzu malàidu.

Mama e figiu fiant pensende a sa matessi cosa: a sa lìtera intregada a Agnese; ma nen s'una nen s'àteru nde faeddaiant. A coa issu fiat andadu currende e issa, firma che un'istàtua de linna, aiat naradu a su giàgonu afainadu a regòllere sos paramentos sacros in su guardarroba nieddu: – Aia fatu mègius a no ddi nàrrere nudda bassu chi fiat in domo a si bufare su cafè.

Ma Antiogu si fiat incaradu dae s'isportellu de su guardarroba e aiat naradu sèriu: – Unu preìderu si depet abituare a totu.

E torrende a sa faina suo a intro de su guardarroba aiat agiuntu comente tra se: – Mancari est arrennegadu cun megus ca narat ca non fia atentu; imbetzes no est beru; bos asseguro chi no est beru. Fia petzi abbaidende a sos betzos e fia benende·mi gana de rìere: ca sa prèiga no dd'ant cumprèndida de seguru. Aberiant sa buca, ma non cumprendiant nudda. Iscummito chi cuddu betzu de Marcu Panizza creet de a beru chi si depet sabunare sa cara ogna die, issu chi si sàbunat sa die de Pasca Manna e de Paschighedda ebbia. E, ais a bìdere, ais a bìdere chi dae como totus ant a bènnere ogna die a crèsia ca at naradu ca cun custu at a isparire sa misèria.

Issa abarraiat firma, cun sas manos a suta de sa pannedda.

– Sa misèria de s'ànima – aiat naradu, pro fàghere a bìdere chi nessi issa aiat cumprèndidu: ma però Antiogu dd'aiat abbaidada comente aiat abbaidadu a sos betzos: cun una gana manna de rìere. Ca fiat seguru chi nemos podiat cumprèndere custas cosas comente ddas cumprendiat issu chi giai ischiat a memòria sos bator Vangelos e si cheriat fàghere preìderu: ma non pro custu fiat prus pagu malitziosu e curiosu de sos àteros pitzocos.

Comente aiat postu totu in òrdine, andada chi si nche fiat sa mama de su preìderu, aiat serradu sa sagrestia e aiat atraessadu s'ortigheddu de sa crèsia totu prenu de romasinu e solitàriu che unu cugione de campusantu; ma imbetzes de torrare a domo, a in ue sa mama chi teniat unu tzilleri in ie in s'ala de sa pratza, fiat curtu a sa domo de su preìderu pro ischire carchi cosa de su Re Nicodemu; e finas pro ateruna resone.

– Fìgiu bostru m'at naradu cosa ca non fia atentu – aiat torradu a repìtere pistighingiadu, mentras sa mama de su preìderu fiat afainada aprontende s'ismurzu pro Pàule suo. – Mancari non m'at a chèrrere prus a giàgonu; mancari at a chèrrere a Ilàriu Panizza: ma Ilàriu no ischit mancu lèghere, deo imbetzes apo imparadu de gosi bene a lèghere finas su latinu. E in prus Ilàriu est de gosi brutu. Ite narades? Mi nch'at a bogare?

– Issu ti cheret atentu, e boh; non si depet rìere, in crèsia – aiat rispostu, àrrida e sèria.

– Fiat arrennegadu meda. Mancari notesta no at dormidu, pro su bentu. Intèndidu dd'ais, a ratza de bentu?

Sa fèmina no aiat rispostu. Fiat andada a s'istantziedda de pràndere e aiat postu in sa mesa pane e bistocos chi diant èssere bastados pro sos dòighi apòstolos: mancari Pàule suo non diat tocare nudda, ma su de si mòvere, de aprontare pro issu comente chi diat torrare allegru e famidu che unu pastore dae monte, abrandaiant unu pagu sa pena sua e forsis finas sa cussèntzia.

Custa però ogna tantu s'agitaiat cun prus angùstia: sas matessi osservatziones de su pitzocu «mancari notesta no at dormidu e pro cussu est de gasi arrennegadu», creschiant su pistighìngiu suo.

E andaiat e beniat, e sos passos suos graes sonaiant in sas istantzieddas mudas; sentiat pro istintu chi pariat *totu finidu*, ma in beridade totu fiat cumintzende issara. Aiat cumprèndidu bene sas paràulas suas dae s'altare: chi tocaiat a si nd'ischidare chitzo, a si sabunare e a caminare. Caminare, caminare. E issa andaiat e beniat, dae unu chirru a s'àteru, dae unu chirru a s'àteru, cun s'illusione de caminare de a beru. Aiat torradu a assentare s'aposentu de issu; ma s'ispigru e sos fragos, finas cun su cumbinchimentu chi totu fiat oramai finidu, sighiant a dd'inchietare e a dda pistighingiare.

Sa figura de Pàule suo, groga e chìdrina che sa de unu mortu, dd'apariat a intro de s'ispigru maleitu, e apicada a su muru cun sa tònaca, e istèrrida sena de àlidu in su letu.

E carchi cosa ddi pesaiat in su coro, comente chi finas a intro suo un'intragna si fiat paralizada e no dda faghiat respirare bene.

Mentras fiat cambiende sa funda de su cabidale, leende·nde sa chi Pàule suo aiat infùndidu de unu suore de angùstia, aiat pensadu, pro sa prima borta in vida sua: "Ma pro ite sos preìderos non si podent cojuare?".

E aiat pensadu ca Agnese fiat rica, ca teniat una domo manna, e ortos e cungiados.

Luego ddi fiat partu de pecare in manera orrorosa, faghende custos pensamentos: e fiat andada a regòllere sa funda, fiat torrada in segus, fiat torrada a passare in s'aposentu suo.

Caminare, caminare. Fiat caminende dae s'arbèschida e fiat ebbia a su printzìpiu de sa bia. De su restu unu andat, andat e torrat semper a su matessi puntu. Fiat torrada in giosso e si fiat sètzida in dae in antis de sa tziminera, acanta de Antiogu chi, nessi issu, non si moviat, prontu a isetare mancari totu sa die pro torrare a bìdere a su superiore suo e torrare a paghe cun issu.

Firmu firmu, cun sas ancas a rughe e sas manos acraeddadas in sos ghenugros, aiat naradu, cun unu tonu aizigheddu de briga: – Ddi depiais leare su cafè a crèsia, comente cando istentat a cunfessare a sas fèminas. De gasi at a tènnere fàmene puru!

– E chie dd'ischiat chi ddu mutiant de urgèntzia? Paret chi su betzu siat moribundu.

– Ma non depet èssere beru. Sunt sos nebodes chi sunt isetende a si mòrrere ca tenet dinari. Deo ddu connosco, a su betzu: dd'apo bidu una borta chi so andadu cun babbu a campeda. Fiat sètzidu in su sole, in mesu de sas pedras, intre unu cane e un'àbbile ammasedada, e tantas bèstias mortas. Deus non cumandat de gasi.

– E ite cumandat issara?

– Deus cumandat de bìvere in mesu de sos òmines, de traballare sa terra, de non cuare su dinari, ma de ddu dare a sos pòveros.

Faeddaiat che un'omineddu, su giagoneddu; e sa mama de su preìderu si fiat cummòvida.

A sa fine, si Antiogu faeddaiat de gosi bene e assinnadu fiat ca dd'aiat imparadu Pàule suo. Fiat Pàule suo chi imparaiat a totus sa bonesa, sa sabiesa, sa prudèntzia: e cando cheriat renessiat a cumbìnchere finas a sos betzos, chi tenent sas ideas issoro giai fatas, e a sos pitzinnos ispensamentados.

Aiat suspiradu, indurghende·si pro acostare sa cafetera a sa bràsia.

– Tue faeddas che unu santigheddu, Antiogu caru: amus a bìdere si a mannu as a fàghere de gasi; si as a dare su dinari tuo a sos pòveros.

– Emmo, deo apo a dare totu a sos pòveros. Deo apo a tènnere dinari meda, ca mama nde balàngiat paritzu, cun su tzilleri, e babbu est guardabuscos e balàngiat issu puru. Totu su chi apo a tènnere dd'apo a dare a sos pòveros: Deus cheret de gasi e a coa providet issu a nois. E sa Bìblia narat: sos corbos non sèmenant e non messant, epuru Deus ddos nùdrigat; e su lìgiu de sas baddes est bestidu mègius de su Re.

– Emmo, Antiogu; ma cando unu est solu. E cando unu tenet fìgios?

– Su pròpiu. E in prus deo no apo a tènnere fìgios. Sos preìderos non nde depent tènnere.

Issa si fiat furriada a dd'abbaidare: ddu bidiat de profilu, in su fundu de sa ghenna aberta de su corrale; unu profilu iscuru, puru, firmu, comente de brunzu: sas pibiristas longos dd'ammuntaiant sos ogros cun sas pipias mannas. No ischiat pro ite dd'aiat bènnidu gana de prànghere.

– Seguru ses chi ti cheres fàghere preìderu?

– Si Deus cheret, ei.

– Sos preìderos non si podent cojuare. E si tue ti cheres cojuare?

– Deo non mi chèrgio cojuare, ca Deus non cheret.

– Deus? Est su Papa chi non cheret – aiat naradu sa mama, unu pagu àrrida.

– Su Papa est su rapresentante de Deus in sa terra.

– Ma in s'antigòriu, comente como puru sos preìderos protestantes, sos satzerdotos teniant mugere e famìllia.

– Est diferente – aiat naradu su pitzocu acaloradu. – *Nois* non nde depimus tènnere.

– Sos preìderos antigos... – fiat insistende sa fèmina.

Ma su giàgonu fiat istudiadu.

– Sos preìderos antigos, andat bene; ma a coa issos etotu aiant fatu un'atopu e aiant istabilidu de nàrrere chi nono: e sos chi non nde teniant, sos prus giòvanos, fiant sos chi prus aiant naradu chi nono. De gasi depet èssere.

– Sos prus giòvanos! – aiat naradu comente tra se sa mama. – Ca no ischint. A coa si nde podent pentire. Si podent finas iscaminare – aiat agiuntu a bellu. – Podent iscontriare, che a su pàrracu betzu.

Si fiat totu atzutzuddida. Si fiat abbaidada lestra totu a inghìriu comente pro s'assegurare chi sa pantasma non ddoe fiat; e luego si fiat pentida de dd'àere mentuada. Nono, issa non si nde cheriat mancu ammentare, e prus pagu galu in contu de *cudda cosa*. Non fiat totu finidu?

De su restu sa cara de Antiogu espressaiat unu disprètziu profundu.

– Cuddu non fiat unu preìderu. Fiat su frade de su diàulu, bènnidu in terra. Deus nos lìberet. Non tocat mancu a dd'ammentare.

E s'aiat fatu sa rughe. A pustis aiat naradu, torra serenu: – Ma ite pentire! Eà, *issu*, figiu bostru, de si pentire pensat?

Issa sufriat, intendende·ddu faeddende de gosi. Dd'aiat chertu nàrrere carchi cosa de sa pena sua, avisende·ddu pro su benidore; e a su matessi tempus s'intendiat agiumai allegra pro sas paràulas suas: pariat chi sa cussèntzia de s'innotzente fiat faeddende a sa sua pro dda aprovare e dd'incoragiare.

– Issu, Pàule meu, narat chi andat bene de gasi? – aiat pregontadu a bellu.

– Si no ddu narat issu, chie cherides chi ddu nàrgiat? Ddu narat, ei: no ddu narat a bois puru? Diat èssere bella puru unu preìderu cun sa mugere e su fìgiu a palas! Issu chi depet andare a nàrrere sa missa, e depet leare su fìgiu a palas ca est pranghende! Roba de rìere! Fìgiu bostru cun unu pipiu a palas e s'àteru chi ddi tirat sa tònaca!

Sa mama aiat risitadu; epuru una visione lestra de bellos pipios peri sa domo dd'aiat avolotada. Antiogu riiat, cun sos ogros e sas dentes lughende in sa cara bruna: ma ddo'aiat carchi cosa de crudele in su rìsidu suo.

– Sa mugere de su preìderu diat èssere dechidedda! Andende a passìgiu cun issu diant pàrrere, dae segus, duas fèminas paris. E diat cunfessare cun issu, in una bidda in ue non ddo'at aterunu preìderu?

– E sa mama issara? Cun chie cunfesso deo?

– Sa mama est diferente. E in prus, chie diat pòdere chèrrere a mugere, fìgiu bostru? Sa neta de su Re Nicodemu?

Aiat torra inteladu a rìere ca sa neta de su Re Nicodemu fiat sa prus pitzoca disgratziada de sa bidda, tzopa e macoca: ma si fiat fatu torra sèriu cando sa mama, ispinta a faeddare dae una volontade chi non fiat sa sua, aiat naradu a bellu: – Oh, pro custu nche nde diat àere una: Agnese.

E Antiogu aiat murmutadu gelosu: – Est lègia: non mi praghet, e non praghet mancu a issu...

Issara sa fèmina aiat cumintzadu a bantare a Agnese, ma faeddaiat a bellu, comente timende chi calicunu, a prus de su pitzocu, dd'esseret intèndida; mentras Antiogu, cun sas manos semper acraeddadas in su ghenugru, iscutulaiat sa conca faghende chi nono, chi nono. Bogaiat cun disprètziu sa lavra de suta, lughende che cariasa.

– Nono, nono; non mi praghet, dda cherides intèndere? Est lègia, est superba, est betza. E in prus...

Si fiat intèndidu un'istrìpidu in su passadissu: si fiant calliados ambos duos isetende.

Issu si fiat sètzidu, arrimende su capeddu in sa cadrea a costàgiu, in dae in antis de sa mesa aparitzada: e mentras sa mama ddi ghetaiat su cafè, aiat pregontadu cun boghe calma: – Sa lìtera leada nche dd'ais?

Issa aiat naradu chi ei, faghende s'atzinnu a chirru de coghina timende pro no dd'intèndere su pitzocu.

– Chie ddo'est in cue?

– Antiogu.

– Antiogu! – aiat mutidu, e su pitzocu in unu sàrtiu ddi fiat in dae in antis, cun su bonete in manu, tèteru in positzione firma che unu sordadeddu.

– Antiogu, bisòngiat chi andes a crèsia e aprontes totu, pro a coa, pro s'estrema untzione a su betzu.

Su pitzocu non podiat rispòndere, dae sa cuntentesa. Duncas *issu* non fiat prus arrennegadu, non pensaiat a nche ddu bogare e a nche pònnere aterunu in parte sua?

– Iseta: mandigadu as?

– No at chertu nudda; non cheret mai nudda – aiat naradu sa mama.

– Setze in cue, – aiat ordinadu issara Pàule – dage·ddi carchi cosa, ma': e tue màndiga.

Non fiat sa prima borta chi Antiogu setziat in sa mesa de su preìderu: aiat ubbididu duncas sena de birgòngia; ma su coro ddi tochidaiat unu pagu: s'abbigiaiat chi carchi cosa fiat cambiada pro issu; chi su preìderu ddu faeddaiat in manera diferente dae su sòlitu; non podiat nàrrere pro ite nen comente, ma ddu faeddaiat in manera diferente dae su sòlitu.

E issu dd'abbaidaiat in cara, comente chi dd'esseret bidende sa prima borta; cun cuntentesa ma finas cun sugetzione: sugetzione e cuntentesa e totu un'ammisturu de sentimentos noos, de reconno-schèntzia, de isperàntzia, de mannosia, ddi preniant su coro comente unu nidu de pugioneddos tèbidos, piulende, prontos a bolare.

– A coa a sas duas as a bènnere pro sa letzione; est tempus de cumintzare de a beru su latinu: apo a iscrìere pro una grammàtica noa, ca sa mea est betza de s'àteru sèculu.

Antiogu aiat sessadu de mandigare: si fiat fatu ruju e oferiat sos servìtzios suos totu presadu sena de pregontare su proite. Su preìderu dd'abbaidaiat e risitaiat; de repente però aiat furriadu sa cara fache a sa fenestredda chi in su fundu indoradu si tremiant sas molas de sa costera e pariat pensende a àteru. E Antiogu aiat intèndidu ca fiat torra solu, torra abbandonadu. Totu tristu aiat regortu sa prafadira dae sa tiàgia, aiat pinnigadu bene bene su pannigheddu, e nch'aiat leadu sas tzìcheras a coghina: e ddas cheriat finas sabunare, e ddas aiat finas sabunadas ca fiat abituadu a innetiare sas tassas in su tzilleri; ma sa mama de su preìderu non si dd'aiat lassadu fàghere.

– Bae, bae a crèsia e apronta – dd'aiat naradu a bellu, ispinghende·ddu; e issu fiat essidu, ma in antis de andare a crèsia fiat curtu a in ue sa mama pro dd'avèrtere de innetiare bene sa domo ca su preìderu ddi cheriat fàghere bisita.

Sa mama de su preìderu in su mentras fiat torrada a intrare a s'istantziedda de pràndere in ue Pàule suo fiat istentende in sa mesa cun unu giornale in dae in antis.

A su sòlitu issu, cando fiat in domo, si retiraiat in s'aposentu suo; cuddu mangianu imbetzes timiat a ddoe torrare: fiat leghende su giornale, ma fiat pensende a àteru; fiat pensende a su cassadore betzu moribundu, chi dd'aiat cunfessadu chi fuiat dae sa cumpangia de sos òmines ca «sunt su male deretu». E sos òmines a befe ddi mutiant Re, che a Cristos sos Giudeos.

Ma mancu sa cunfessione de su betzu interessaiat a Pàule: issu fiat pensende prus a prestu a Antiogu, e a sa mama e a su babbu de Antiogu, chi ddis cheriat pregontare si in cussèntzia issoro ischiant su chi si faghiant abbandonende su pitzocu a sas fantasias suas, a sa detzisione sua iscunsiderada de si fàghere preìderu: a sa fine però sentiat chi mancu custu dd'interessaiat meda: su chi dd'interessaiat fiat de fuire a su pensamentu suo beru; e cando aiat bidu a sa mama torrende aiat abbassadu sa conca ca ddi pariat ca issa ebbia intzertaiat cuddu pensamentu suo beru.

Aiat abbassadu sa conca ma aiat naradu a issu etotu: nono, nono, nono.

Nono, no ddi cheriat pregontare àteru: sa lìtera fiat istada intregada; ite àteru depiat ischire?

Sa pedra de su sepurcru fiat a su postu suo: ah, comente ddi pesaiat in su gatzile! Ma cantu s'intendiat biu, sepultadu a suta de cudda pedra!

Sa mama fiat isparitzende, regollende totu in su guardarroba chi serbiat de credentza.

In su mudore s'intendiant sos pugiones piulende in sa costera, su picapedreri iscudende cadentzadu: pariat chi su mundu finiat in ie, chi s'ùrtima istàntzia abitada dae gente bia fiat cudda istantziedda bianca, cun sos mòbiles nieddutzos, cun su pavimentu de pianellas antigas in ue sa lughe birde e indorada de sa fenestredda arta s'ispainaiat che unu riflessu tremende de abba e daiat a s'ambiente sa bisura de una presone in fundu a unu casteddu solitàriu.

S'aiat bufadu su cafè che a sas àteras dies, e mandigadu sos bistocos che a sas àteras dies. Como fiat leghende sas novas de su mundu de a tesu: ei, totu fiat che a sas àteras dies; ma sa mama diat àere preferidu chi issu esseret pigadu a s'aposentu suo e si nch'esseret inserradu; o, giai chi fiat in ie, chi dd'esseret torra pregontada a chie e comente aiat intregadu sa lìtera. Fiat andadu finas a sa ghenna de coghina, cun una tzìchera in manos; fiat torrada a sa mesa, cun sa tzìchera in manos.

– Pàule, sa lìtera dd'apo intregada pròpiu a issa. Fiat giai pesada. Fiat in s'ortu.

– Andat bene – aiat naradu issu, sena de artziare sos ogros dae su giornale.

Ma issa non si nche podiat andare, non podiat non faeddare. Carchi cosa de prus forte de sa volontade sua, de sa volontade de issu etotu, dd'obligaiat. Aiat ingurtu sa salia salida chi ddi preniat sa buca e aiat abbaidadu a intro de sa tzìchera, in s'iscenàriu giaponesu innieddigadu dae su colore de su cafè.

– Fiat in s'ortu. Ca si nde pesat chitzo. Deo so andada dereta a in ue issa e dd'apo dadu sa lìtera. Non nos at bidu nemos. Issa at leadu sa lìtera e dd'at abbaidada; a coa at abbaidadu a mie e no dd'at aberta. Deo apo naradu: «Non ddo'at risposta». E fia pro mi nch'andare; ma issa at naradu: «Isetade». E at abertu sa lìtera, comente a m'ammustrare chi non fiat unu segretu; e s'est fata bianca che su fògiu; a coa m'at naradu: «Bage in bonora».

– Bastat, bastat – aiat rispostu issu, sena de artziare sos ogros; ma sa mama aiat bidu sas pibiristas de issu iscutulende e sa cara faghende·si bianca comente si fiat fata sa de Agnese; pro un'iscuta aiat crèidu chi fiat acanta de si dismajare; poscas dd'aiat bidu faghende·si ruju, cun su sàmbene chi dae su coro ddi pigaiat totu a cara, e issa puru si fiat torrada a animare. Fiant momentos terrìbiles, chi però tocaiat a afrontare e bìnchere. Aiat abertu sa buca pro nàrrere calicuna àtera cosa, pro murmutare nessi: «A ddu bides it'as fatu? Male a issa e a tie», ma issu aiat artziadu sa cara, iscutulende unu pagu sa conca in segus pro catzare a bassu su sàmbene malu de sa passione, e fissende·dda cun sos ogros minetzosos aiat naradu: – Como bastat. Ais cumprèndidu ca bastat? Non chèrgio prus intèndere faeddende de custu in eternu: si nono apo a fàghere su chi fiais minetzende de fàghere bois eris sero: mi nch'ando.

Difatis si nde fiat pesadu, de repente, e imbetzes de torrare a pigare a s'aposentu suo, fiat torra essidu. Sa mama fiat andada a coghina, cun sa tzìchera chi ddi tremiat in manos: aiat arrimadu sa tzìchera e si fiat arrambada a sa buca de su forru, iscuntzertada. Ddi pariat chi si nche fiat andadu pro semper: mancari esseret torradu non fiat prus Pàule suo, fiat unu disgratziadu leadu dae sa passione mala, unu chi abbaidaiat cun ogros minetzosos, comente su furone in posta, a chie si siat chi s'esseret atrividu a ddi passare in dae in antis.

E issu difatis caminaiat comente unu chi fiat fuidu dae domo, pro non torrare a s'aposentu suo, ca teniat s'impressione chi Agnese ddo'esseret intrada a cua e dd'esseret isetende, bianca in cara, cun sa lìtera in manos: fiat fuidu dae domo pro fuire dae issu etotu; ma sa passione nche ddu tragiaiat peus de su bentu de sa note passada.

Aiat atraessadu su campu sena de ischire pro ite, e ddi fiat partu chi ddu fiant iscudende a su muru de sa domo e de s'ortu de issa, e chi respintu dae s'atumbu fiat torrende in segus, finas a sa pratza, chi in su parapetus si setziant sos betzos e fiant incarados sos pitzocos e sos pedidores. Aiat faeddadu cun unos e àteros, sena de ascurtare sa boghe issoro: a pustis fiat caladu in su caminu de sa biddighedda, finas a sa caminera de sa badde, sena de bìdere nudda de sa bidda, de su caminu e de sa badde. Totu s'universu si fiat furriadu a fundu in susu, si ddi fiat ghetadu a intro, in unu caos de pedras, de bascaràmene, de ruinas; e issu si nch'indurghiat a subra abbaidende, comente sos pitzinneddos abbaidaiant sos trèmenes de sa badde dae sas rocas in sa caminera.

E fiat torradu a pigare fache a crèsia. Sos caminos de sa biddighedda fiant desertos; dae sos muros de sos corrales essiat carchi nae de pèssighe cun sa frùtora cota, e in su chelu craru de cabudanni passaiat una gama paghiosa de nuigheddas biancas.

In carchi domo s'intendiat su sonu de su telàrgiu; in carchi àtera unu prantu de pipiu de naschidòrgiu.

Su barratzellu, incarrigadu finas de su servìtziu urbanu, ùnica autoridade de su logu, bestidu mesu de cassadore e mesu de funtzionàriu, cun sos pantalones turchinos filetados de ruju e una giacheta de vellutu istintu, perlustraiat sos caminos cun su cane mannu acapiadu a cadena. Fiat unu cane nieddu e ruju, cun sos ogros benados de sàmbene: fiat unu pagu lupu e unu pagu leone, e totu sos paesanos, sos massajos de sa badde, sos pastores e sos cassadores de sa campeda, sos pitzocos e sos furones, ddu connoschiant e ddu timiant. Su barratzellu si ddu leaiat in fatu die e note, finas ca timiat pro no ddi ghetare buconete. Bidende a su preìderu, su cane aiat arrinzadu, ma a un'atzinnu de su mere fiat istadu chietu, a conca bassa.

Su barratzellu si fiat firmadu e aiat fatu su saludu militare a su preìderu; a coa aiat naradu solenne: – Custu mangianu chitzo so andadu a bìdere a su malàidu. Giughet sa frebba a baranta: burtzu chentu e duos. Pro su pagu chi nde cumprendo deo, giughet sos renes infiammados. Sa neta cheriat chi dd'essere dadu sa chinina – (su barratzellu giughiat sas meighinas in cunsigna e si permitiat de visitare a sos malàidos, pro dovere de ufìtziu ma finas pro si dare s'illusione de sostituire a su mèigu, chi pigaiat a sa biddighedda duas bortas a sa chida ebbia). – Ma deo apo naradu: «A bellu, sa fèmina; pro su pagu chi nde cumprendo deo, inoghe ddoe cheret sa purga, non sa chinina». Sa fèmina fiat pranghende, sena de làgrimas però; ancu mi calet unu raju si giùigo in manera iscunsiderada. E cheriat a andare a su galopo a mutire a su dotore. «Su dotore benit cras mangianu, domìniga,» apo naradu, «si ses de gasi in apretu manda pro contu tuo a un'òmine a ddu mutire. Su malàidu si podet pagare sa vìsita de su mèigu, pro mòrrere, a pustis de àere passadu totu sa vida sena de ispèndere». Bene apo faeddadu?

Aiat isetadu, sèriu, s'aprovatzione de su preìderu. Ma su preìderu fiat abbaidende su cane, trancuillu e masedu pro volontade de su mere, e pensaiat: "Si aìamus pòdidu leare de gasi a sa cadena sas passiones nostras!".

– Ah, ei, – aiat naradu pensamentosu – si podet isetare finas a cras mangianu sa vìsita de su dotore. Ma su malàidu istat male meda.

– Issara si istat male meda, – aiat insìstidu su barratzellu cun firmesa e non sena de aizu de disgustu pro s'indiferèntzia de su preìderu – chi mandent a un'òmine a mutire a su mèigu. Su malàidu podet pagare; no est nullatenente. Ma sa neta no at ubbididu mancu a s'òrdine meu, no dd'at dadu sa purga chi dd'aia ordinadu e cuncordadu deo.

– In antis ddi depìamus dare sa comunione.

– Vostè già dd'ischit chi a unu malàidu non si podet dare sa comunione si no est a geunu.

– Duncas, – aiat naradu su preìderu, perdende sa passèntzia – su betzu no at chertu sa purga. Fiat siddende a dentes, e ddas tenet totu fortes galu, e fiat iscudende pùngios che unu sanu.

– E issara sa neta, pro su pagu chi nde cumprendo deo, non si depet permìtere de cumandare a mie, a su barratzellu e guàrdia, che a unu tzeracu cale si siat, a andare a mutire de urgèntzia a su dotore. Inoghe no est contu de ferta, nen de cosas chi pertocant sa meighina legale. Su barratzellu già tenet àteras incumbèntzias. Depo calare a su badu ca ant denuntziadu chi carchi benefatore at piscadu trota cun dinamite. A mègius bìdere.

Aiat fatu torra su saludu militare e si fiat aviadu. A s'istratzada su cane, intrende luego in parte issu puru cun su disgustu tratènnidu de su mere, si fiat mòvidu iscutulende sa coa, ferotze, e no aiat arrinzadu prus, ma aiat furriadu aizu sa conca a chirru de su preìderu abbaidende·ddu in cara cun cuddos ogros terrìbiles de mortore.

Prus in artu alla a Antiogu incaradu a su parapetus de sa pratza, in s'umbra tremende de un'ùlumu: fiat isetende, a pustis de àere aprontadu totu pro s'estrema untzione de su betzu; e bidende a su preìderu fiat curtu in antis suo a sagrestia, cun s'alba in manos.

In pagu tempus fiant totus duos prontos: su preìderu cun s'alba, s'istola, su vasu de prata cun s'ògiu santu; Antiogu ammuntadu finas a sos pees cun una capa ruja, cun unu parasole de brocadu cun fròngias de oro chi giughiat abertu faghende atentzione chi su satzerdotu e su vasu de prata esserent abarrados in s'umbra, mentras issu, in su sole, pariat prus ruju, postu a pare cun sa figura bianca e niedda de su preìderu. Una seriedade manna, agiumai tràgica, dd'achidrinaiat sa cara: ddi pariat de èssere issu su custode de su tabernàculu, de àere retzidu dae su Segnore sa missione de bardiare su vasu sacru cun su crisma. Cosa chi no dd'aiat istorbadu dae rìere a sa muda, a barras siddidas, bidende ca sos betzos, passende su sacramentu, si nch'istrampaiant dae su parapetus e sos pitzocos s'inghenugraiant cara a su muru imbetzes chi a chirru de su preìderu. Ma però custos si nde fiant pesados luego e si fiant postos in professone a segus de su sacramentu. Issu sonaiat sa campanedda in dae in antis de ogna ghenna pro avèrtere sa gente chi fiat passende su Segnore: sos canes apeddaiant e su sonu de sos telàrgios sessaiat: sas fèminas bogaiant sa conca manna dae sas fenestreddas e dae sos passigeris de linna, e totu sa biddighedda fiat iscutulada dae una trèmida de mistèriu.

Una fèmina chi fiat pighende dae sa funtana cun una broca de abba in conca si fiat firmada, aiat arrimadu sa broca in terra e si fiat inghenugrada a costàgiu.

E su preìderu si fiat fatu grogu ca aiat connotu a una tzeraca de Agnese: mi', cudda fiat s'abba chi Agnese diat sabunare sas làgrimas suas. E ddi pariat chi finas sa broca ùmida istiddiende fiat pranghende. Aiat intèndidu unu mancamentu tale chi aiat istrintu a forte in sas manos su vasu de prata comente a si sustènnere.

Sa professone de sos pitzocos fiat creschende manu manu chi fiant acostende a sa domo de su betzu: allò·dda in s'oru de su caminu, intre custu e sa badde: est una domighedda arta, de pedra bàina, cun una fenestredda ebbia sena de bidros: in dae in antis s'ispàinat unu corraleddu, serradu dae una muredda.

Sa ghenna fiat aberta in campu, e su preìderu ischiat ca su malàidu fiat istèrridu, bestidu, in un'istoja in s'istàntzia de bassu. Fiat intradu, duncas, preghende, mentras Antiogu serraiat su paràcua e sonaiat a forte sa campanedda a chirru de sos pitzocos pro ddos catzare che musca: ma in s'istàntzia de bassu non ddo'aiat mancu ànima, in s'istoja non ddo'aiat nemos. Mancari su malàidu aiat atzetadu de si corcare in su letu, o fiat istadu leve a nche ddu leare, in s'ùrtima agonia comente fiat.

Su preìderu aiat ispintu sa ghenna in un'àtera istàntzia de a intro, ma custa puru fiat bòida: si fiat incaradu issara in sa ghenna e aiat bidu a sa neta de su betzu calende in su caminu tzopi·tzopi, afannada, cun un'ampulla in manos. Fiat istada a in ue su barratzellu pro ddi dare sa meighina.

– In ue est su malàidu? – dd'aiat pregontadu su preìderu, mentras issa intraiat faghende·si sa rughe. Non bidende a su giaju in s'istoja, aiat ispabajadu sos ogros e aiat ghetadu una boghe ispramada.

In foras, sos pitzocos chi fiant oretende dae su muredda fiant sartiados finas a sa ghenna, e sigomente Antiogu paraiat fronte a s'invasione issoro, aiant cumintzadu a dd'ispìnghere e a ddi tirare sa capa; ma aizu chi su preìderu, a pustis de àere postu in fatu a sa tzopa in sas istàntzias de a intro, fiat torradu a apàrrere in sa ghenna, semper cun su vasu de prata in manos, si nche fiant transidos totus mudos.

– E non nch'est! E a in ue at a èssere andadu? – aboghinaiat sa neta de su betzu, currende peri sa domo.

Issara unu pipiu, ispuntadu pro ùrtimu dae sa cresura in sa caminera, fiat acostadu a manos in butzaca e aiat naradu calmu: – A su Re seis chirchende? Est andadu a chirru de bassu.

– A chirru de bassu in ue?

– A chirru de bassu – aiat torradu a nàrrere su pipiu faghende s'atzinnu cun su nasu a chirru de sa badde.

Sa neta nche fiat calada che lampu in sa caminera, e sos pitzocos in fatu suo; su preìderu aiat atzinnadu a Antiogu a torrare a abèrrere su parasole e totus duos, a bellu a bellu, sèrios e mudos, mentras sa gente fiat essende in caminu e sa nova de sa fua de su betzu curriat de buca in buca, fiant torrados a pigare a crèsia.

Pàule fiat torra in dae in antis de sa mesa, in sa calma de s'aposenteddu de pràndere, serbidu dae sa mama. Mancu male, teniant de ite faeddare: faeddaiant de sa fua de su Re Nicodemu. Antiogu, regortu su vasu, su sacu e sa capa, fiat curtu torra a chirru de bassu a s'informare; sa prima borta fiat torradu cun novas istranas; su betzu fiat iscumpartu e naraiant ca nche dd'aiant leadu tzertos parentes chi si cheriant impossessare de su siddadu suo. Calicunu naraiat a brulla: – Narant ca sunt calados su cane e s'àbbile e si nche dd'ant leadu cun issos.

– De su cane non ddoe creo, ma cun s'àbbile ddo'at pagu de rìere: cando fiat pipiu deo, m'ammento chi s'aiat leadu dae s'istàulu nostru unu mascru mannu.

Ma a pustis Antiogu fiat torradu galu cun sa nova chi a su malàidu dd'aiant sighidu in caminu cando si nche fiat torrende a mòrrere in sa campeda. Sa frebba de s'agonia dd'ispinghiat:

caminaiat che unu sonnàmbulu, e, pro non s'inchietare e ddi fàghere male, sos parentes nche dd'aiant torradu a acumpangiare a sa pinneta.

– Setze in cue e màndiga – aiat naradu su preìderu a su pitzocu.

E Antiogu si fiat torradu a sètzere in sa mesa, a pustis però de àere remiradu ite cara faghiat sa mama de su preìderu.

Sa mama de su preìderu dd'aiat fatu unu risitu e dd'aiat atzinnadu a ubbidire; e issu si fiat intèndidu comente unu de famìllia.

E non s'abbigiaiat, s'innotzente, chi cuddos duos, finidu de faeddare de sa fua de su betzu, timiant pro no abarrare solos: sa mama ogna tantu bidiat sos ogros de su figiu chi miraiant inchietos firmende·si, faghende·si tostos e annapados comente de pedra, iscurigados dae sa note interiore: e issu imbetzes si nd'atzicaiat abbigende·si chi issa ddu fiat remirende e chi intzertaiat sa pena sua.

Finidu de serbire, issa non fiat torrada a intrare a s'istantziedda.

Cun su merie serenu fiat torradu su bentu, ma unu bentu lèbiu e armoniosu de ponente chi daiat aizu una tremuledda dultze e lughende a sas matas de sa costera: totu s'istantziedda fiat allegrada dae su riflessu agitadu de nuigheddas fines chi pariat chi su bentu sonaiat sa mùsica sua lena.

Totu in unu calicunu aiat pichiadu a sa ghenna e aiat truncadu sa maia. Antiogu fiat curtu a abèrrere. Una viuda giòvana, groga e cun ogros mannos nieddos ispramados cheriat faeddare a su preìderu, mentras una pitzochedda chi issa giughiat a manu agantzada a forte a forte dda tiraiat in segus torchende·si totu, cun sos pilos nieddos ischirritzados a suta de su mucadore ruju, e in sa cara biaita sos ogros birdes lughentes che sos de unu gatu marrudu.

– Est malàida, – aiat naradu sa viuda – chèrgio bìdere a su preìderu pro chi legat su Vangelu e catzet sos ispìritos malignos chi custa criatura est prena.

Antiogu, cun sa ghenna aberta a metade ebbia, fiat unu pagu dubitosu e assustadu. Non fiat s'ora de istorbare a su preìderu, pro cuddas cosas: de su restu a sa pitzochedda, chi non sessaiat de si tòrchere totu a unu chirru e non podende fuire chircaiat de mossigare sa manu de sa mama, ddo'aiat de ddi tènnere làstima e de dda tìmere.

– Est indimoniada, la'! – aiat murmutadu sa mama, faghende·si ruja dae sa birgòngia.

Issara sena de àteru Antiogu dd'aiat fata intrare, antis aiat agiuadu a sa viuda a ispìnghere a intro a sa pitzochedda, chi si fiat aferrada a s'istante de sa ghenna.

Intèndidu ite fiat, e chi fiat giai sa de tres dies chi sa malaidedda si agitaiat de gosi, semper chirchende de si nche fuire, muda e surda a ogna ispuntorgiada, su preìderu dd'aiat fata acostare, dd'aiat postu sas manos in palas, dd'aiat esaminadu sos ogros e sa buca.

– Meda in su sole est abarrada? – aiat pregontadu.

– No est custu – aiat naradu sa mama a bellu. – Deo creo chi siat possèdida dae s'ispìritu malignu. Nono, – aiat agiuntu tzunchiende – sa criatura mea no est prus sola.

Issu si nde fiat pesadu a leare su Vangelu dae s'aposentu suo; ma aiat fatu unu passu in segus e aiat mandadu a Antiogu.

Aiat abertu su libru in sa mesa, e issu cun sa manu in sa conca callente de sa pitzochedda, mantènnida forte dae sa mama inghenugrada, aiat lèghidu.

«... E aiant navigadu a su logu de sos Gadarenos, chi est a fache de sa Galilea. E cando issu nde fiat caladu a terra ddi fiat atopadu un'òmine de cudda tzitade, chi giai dae ora meda giughiat dimònios, e non fiat bestidu de peruna bestimenta; e non biviat in domo peruna, ma in mesu de sos sepurcros. E cando aiat bidu a Gesùs aiat ghetadu una boghe manna e si ddi fiat ghetadu in pees e aiat naradu a forte: "Gesùs, Fìgiu de Deus artìssimu, ite ddo'at intre nois? Deo ti prego de non mi turmentare"».

Antiogu furriaiat sa pàgina de su libru e abbaidaiat sa manu de su preìderu in sa mesa: lòmpidos a sas paràulas «ite ddo'at intre te e me?» aiat bidu sa manu tremende aizu: aiat artziadu lestru sos ogros e si fiat abbigiadu chi sos ogros de *issu* fiant prenos de làgrimas.

Issara, pinnigadu dae una cummotzione violenta, si fiat inghenugradu acanta de sa viuda, sena però de sessare de tocare su libru. Pensaiat: "Su prus òmine bonu de su mundu est *issu*: allò·ddu pranghende ca est leghende sa paràula de Deus": e non s'atriviat prus a artziare sos ogros pro dd'abbaidare, ma cun sa manu lìbera tiraiat sa gunnedda a sa pitzochedda, aizu pistighingiadu e cun sa timòria segreta chi sos dimònios, essende dae su corpus de issa, podiant intrare a su suo.

S'indimoniadedda non s'agitaiat prus; antis s'achidrinaiat e pariat chi s'illonghiaiat, cun su tzugru brunu tiradu, su bruncu chi essiat a subra de su nodu de su mucadore, sos ogros fissos in sa cara de su preìderu. A bellu a bellu sa buca s'aberiat: pariat chi sas paràulas de su Vangelu, su murmutu de su bentu, su frùschiu de sas matas de sa costera, totu dd'incantaiat. De repente, a una istratzada prus forte de sa manu de Antiogu, si fiat pinnigada issa puru e si fiat inghenugrada. Sa manu chi su preìderu ddi teniat in conca fiat abarrada suspèndida in àera: sa boghe de issu aiat cumintzadu a ddi trèmere.

«... Issara cuddu òmine, chi nde fiant essidos sos dimònios, ddu pregaiat a ddu lassare abarrare cun issu. Ma Gesùs dd'aiat dispididu narende: "Torra a domo tua e conta cantas cosas mannas t'at fatu Deus..."».

A coa si fiat calliadu e aiat retiradu sa manu. Sa pitzochedda, calmada de su totu, aiat furriadu aizu sa cara a Antiogu; in su mudore s'intendiat prus forte su murmutu de sas matas, e prus a largu, su picapedreri iscudende.

Pàule sufriat. Mancu un'iscuta aiat crèidu a sa superstitzione de sa viuda, est a nàrrere chi sa pitzinna fiat possèdida dae su dimòniu: ddi pariat duncas de àere lèghidu sena de fide su Vangelu: fiat su dimòniu suo de a intro su chi esistiat ebbia, e custu nono, non si nch'andaiat. Epuru issu si fiat intèndidu totu in unu prus acanta de Deus: «Ite ddo'at intre nois?». E ddi pariat ca cuddos tres fideles, e sa mama etotu, inghenugrada a segus de sa ghenna de sa coghina, fiant pinnigados, non in dae in antis de sa potèntzia, ma in dae in antis de sa misèria sua.

Ma cando sa viuda si fiat abbassada, finas a ddi basare su pee, issu si nche fiat frantu cun fortza: pensaiat a sa mama, *chi ischiat totu*, e aiat tìmidu chi issa dd'esseret giuigadu male.

Su movimentu de sa viuda, pesende·si·nde, fiat de gasi prenu de mortificatzione chi sos duos pitzocos si fiant postos a rìere. Issara issu puru aiat intèndidu isorvende·si su dolore suo.

– Bene, pesade·bos·nde – aiat naradu. – Totu fatu.

Si nde fiant pesados totus: Antiogu fiat curtu a abèrrere sa ghenna ca calicunu fiat torra pichiende. Fiat su barratzellu e guàrdia cun su cane a cadena.

Antiogu dd'aiat naradu luego, cun sa cara lughende de cuntentesa: – Est capitadu como unu miràculu. Issu at catzadu sos dimònios dae su corpus de Nina Masia.

Su barratzellu però non creiat a sos miràculos: si fiat frantu aizu dae sa ghenna e aiat naradu: – E issara lassemus·ddos essire.

– Ant a intrare in su corpus de su cane bostru.

– Non ddoe podent intrare: ddos giughet giai!

Fiat brullende, ma abarraiat sèriu sèriu. In sa ghenna de s'istàntzia de pràndere aiat fatu su saludu militare, a chirru de su preìderu, sena de mancu si dignare de abbaidare a sas fèminas.

– Depo faeddare cun vostè a sa sola.

Sas fèminas si fiant retiradas a coghina e Antiogu fiat andadu a regòllere su Vangelu. Cando fiat torradu a calare, mancari galu totu cummòvidu dae su miràculu, si fiat firmadu a oretare su chi fiat narende su barratzellu. Fiat narende: – Ddi pedo iscusa si apo fatu intrare custa bèstia: est neta e no at a istorbare ca cumprendet in ue est. – (Difatis su cane abarraiat firmu firmu, a ogros bassos, cun sa coa pende·pende). – Est Nicodemu Pania, su betzu, mutidu Re Nicodemu. Dd'ant sighidu in sa pinneta e at fatu a ischire chi cheret torrare a bìdere a vostè e retzire s'estrema untzione. Pro su pagu chi nde cumprendo deo...

– Deus meu beneitu! – aiat naradu su preìderu perdende sa passèntzia; luego però si fiat allegradu, comente unu pipiu, a s'idea de pigare a sa campeda, e istrapatzare de gasi, bene o male, s'afannu suo miseràbile.

– Ei, ei – aiat agiuntu luego. – Tocat a chircare unu caddu. Su caminu comente est?

– Ddoe penso deo a su caddu e a su caminu: est dovere meu.

Su preìderu dd'aiat cumbidadu a bufare. Su barratzellu pro printzìpiu no atzetaiat mai nudda dae nemos, mancu una tassa de binu; ma in cuddu momentu intendiat de gasi fùndidu su dovere suo tzivile a su dovere religiosu de su preìderu chi aiat atzetadu su cumbidu: aiat bufadu, aiat ghetadu sos ùrtimos istìddios in terra — ca sa terra cheret sa parte sua de totu sas cosas chi s'òmine consumat — e aiat torradu gràtzias faghende su saludu militare. Issara Pàule aiat bidu su cane iscutulende sa coa e abbaidende·ddu cun amighèntzia.

Antiogu fiat istadu lestru a abèrrere sa ghenna, a coa si fiat torradu a presentare in s'istàntzia de pràndere in positzione firma issu puru. Ddi dispraghiat chi sa mama, in ie in su retrobutega illetzidu pro s'ocasione, cun sa safata pronta pro su cumbidu, diat isetare de badas cudda die sa bisita de su preìderu: ma su dovere in antis de totu.

– Ite depo aprontare? – aiat pregontadu totu sèriu a sa moda de su barratzellu. – Su parasole puru depimus giùghere?

– Oh, ma ti paret? Andamus a caddu. Tue non dias dèpere bènnere: però ti potzo leare in sa gropera de su caddu.

– Deo ando a pee. Deo non m'istraco mai.

Difatis in pagos minutos fiat prontu, cun una cassiedda in manos e sa capa ruja pinnigada in su bratzu: issu diat àere leadu finas su parasole, ma tocaiat a ubbidire a sos òrdines superiores.

Mentras fiat isetende su preìderu in dae in antis de sa crèsia, totu sos pitzocos istratzulados, chi sa pratza fiat su sòlitu campu de batàllia, dd'aiant inghiriadu curiosos, sena però de s'atrivire a acostare tropu, abbaidende sa cassiedda cun religione non priva de terrore.

– Nois benimus in fatu – aiat naradu unu.

– Bois abarrades a tesu milli metros; si nono bos iscapo su cane de su barratzellu.

– Su cane de su barratzellu? Naro ca ddo'as a abarrare tue a tesu milli metros dae su cane de su barratzellu!

– Deo? – aiat naradu cun unu risitu superbu.

– Eh, tue como ti crees Deus in persone ca giughes su Deus beru in manos.

– Deo, – aiat naradu unu atzudu – in parte tua dia fuire cun sa cassiedda e dia fàghere unu muntone de maias cun s'ògiu santu.

– Bae·ti·nche, musca caddina! Su dimòniu essidu dae su corpus de Nina Masia est intradu in su tuo.

– Ite? Su dimòniu?

– Ei, – aiat naradu Antiogu sèriu – oe a pustis de mesudie *issu* at fatu essire su dimòniu dae su corpus de Nina Masia. Allò·dda benende.

Sa viuda, cun sa pitzochedda a manu agantzada, fiat essende dae sa domo de su preìderu; sos pitzocos si ddi fiant acostados currende, e in unu momentu sa nova de su miràculu si fiat isparta in sa bid-dighedda. Issara si fiat bidu un'ispetàculu chi s'assimigiaiat agiumai a su de sa bènnida de su preìderu: totu sa gente si fiat atopada in sa pratza, e a Nina Masia sa mama nche dd'aiat posta in sas iscalinas de s'intrada de crèsia: in ie in artu, bruna, tètera che fuste, cun sos ogros suos birdes e su mucadore ruju, pariat pro unu momentu s'ìdolu de totu cudda gente simpre de fide.

Sas fèminas pranghiant e dda cheriant tocare. In s'ìnteri fiat bènnidu su barratzellu cun su cane; e su preìderu a caddu aiat atraessadu sa pratza. Sa gentòria ddu poniat in fatu in pro-fessone, murmutende: issu faghiat carchi atzinnu cun sa manu, furriende·si a unu chirru e a s'àteru pro torrare gràtzias, ma prus che addoloradu s'intendiat issimingiadu pro su chi fiat capitende: lòmpidu a su cumintzu de sa pigada aiat firmadu su caddu e pa-riat chi cheriat nàrrere carchi cosa, a coa aiat ispronadu sa bèstia e si nche fiat istesiadu lestru. Un'istintu disisperadu ddi faghiat disigiare de cùrrere, de fuire in bassu in sa badde, de pèrdere e isòrvere totu s'èssere suo in s'amprura agreste chi si dd'oferiat in dae in antis.

Su bentu tiraiat prus a forte; in su merie lughende totu sas tupas e sas molas si moviant e lughiant: su riu rifletiat su colore de su chelu, e sa roda de su molinu pariat chi ischitzaiat dia-mantes. Su barratzellu cun su cane e Antiogu cun sa cassiedda calaiant austeros, totu apuntziados: e issu puru fiat torradu in caminu prus trancuillu. A pustis de su riu su caminu si faghiat caminera e nche pigaiat a sa campeda: pedras e mureddas, ma-tas tortas e ruos dd'acumpangiaiant: su bentu de ponente daiat una durcura callente a s'àera, e batiat nuscos fortes, comente chi esseret istratzende e isparghende cun issu su frore de s'armidda e sas rosas puddèrigas.

Sighiant a pigare: cando sa bidda fiat iscumparta, a sa furriada de sa caminera, totu fiat bentu, pedras, vapores chi in s'orizonte ammisturaiant sa terra cun su chelu.

De pagu in pagu su cane apeddaiat, e pariat chi àteros canes ferotzes ddi rispondiant: fiat s'eco.

A metade de caminu su preìderu aiat propostu a Antiogu de pigare a caddu: ma su pitzocu no aiat chertu, tzedende ebbia, e a mala gana, sa cassiedda.

E issara ebbia si fiat permìtidu de intrare in chistionu cun su barratzellu: de badas, però, ca su barratzellu non sessaiat unu momentu de si crèere imbestidu de artos poderes e ogna tantu si firmaiat inchigidu; e abbassende·si sa visiera de su bonete in sos ogros furriaiat sa mirada a unu chirru e a s'àteru comente chi totu sas terras a inghìriu esserent suas e carchi perìgulu ddas esseret minetzende. Issara su cane puru si firmaiat in sas bator ancas, fraghende su bentu, cun una trèmula chi dd'iscutulaiat su tzugru e sas origras.

Pro fortuna fiat totu serenu in su merie bentosu: si bidiant ebbia, in cuddu desertu de pedras e de tupas, in pitzu de sos rocàrgios, sas crabas làngias, nieddas in su fundu de sas nues in colore de rosa.

E la' una calada prena de rocas de granitu: pariat pròpiu un'istrampu de pedras chi s'arrimaiant una a subra de s'àtera cun lebiesa miraculosa.

Antiogu aiat connotu su logu in ue fiat istadu una borta cun su babbu; e mentras su preìderu faghiat unu giru longu pro non lassare sa caminera, e su barratzellu ddu poniat in fatu fidele a s'impignu suo, issu si nche fiat apicadu de pedra in pedra e fiat lòmpidu pro primu a sa pinneta de su cassadore betzu.

A costàgiu de sa pinneta su betzu solitàriu, pro cumpletare cudda ispètzia de fortalesa preistòrica, nch'aiat ammuntonadu àteras pedras.

Su sole ddoe feriat de traessu comente a intro de unu putzu: s'orizonte pro tres partes serradu s'aberiat a destra ebbia, intre una roca e s'àtera, cun una lontanàntzia in colore de chelu e una tira de prata in fundu: su mare.

Su nebode de su betzu aiat bogadu dae s'intrada de sa pinneta sa conca niedda allorigheddada.

– Sunt benende – aiat annuntziadu Antiogu.

– Ma chie?

– Su preìderu e su barratzellu.

S'òmine fiat saddiadu foras, lèpitu e piludu che sas crabas suas, frastimende a su barratzellu chi si nch'istichiat semper in sos afàrios angenos.

– Como ddi trunco sas costas – aiat minetzadu; ma cando aiat bidu su cane si fiat frantu, mentras su cane de su betzu fiat acostadu a s'àteru e totus duos si fiant fragados pro si saludare.

Antiogu aiat torradu a leare sa cassiedda e si fiat sètzidu a subra de una pedra, a fache de s'abertura in colore de chelu de su corrale: in ie bidiat un'isereu de peddes de sirbone pertigatzas, e peddes de cassile magradas de oro, ispartas in sas rocas a assutare; e a intro de sa pinneta su corpus nieddu de su betzu istèrridu a subra de àteras peddes, e sa cara iscura inghiriada dae una rajera de barba e de pilos biancos chi teniat giai sa compostesa de sa morte.

Su preìderu s'indurghiat pro interrogare a su moribundu; ma custu non torraiat paràula, cun sos ogros serrados, sas lavras biaitas e un'istìddiu de sàmbene in s'oru de sa buca.

Prus in ie su barratzellu, sètzidu issu puru in una pedra, cun su cane isterrigadu in pees suos, abbaidaiat a fissu a intro de sa pinneta, ofèndidu ca su moribundu non rispetaiat sa lege, ca non fiat pronuntziende sas ùrtimas volontades suas; e Antiogu furriaiat sos ogros de ispiligamba a cudda ala pensende cun malìtzia chi su barratzellu diat àere cun praghere impostu su cane a su betzu tosturrudu comente contra a unu ladrone.

A intro de sa pinneta su preìderu s'indurghiat semper de prus istringhende·si sas manos giuntas in mesu de sos ghenugros: sa fronte sua manna pesaiat in su profilu istracu, faghiat sos murros cun disgustu.

Fiat a sa muda issu puru, como: pariat chi si fiat ismentigadu pro ite fiat in ie, e esseret ascurtende petzi su bentu murmutende in mesu de s'aliderru, chi pariat su mare issuculende in ie a tesu. De repente su cane de su barratzellu si nde fiat pesadu apeddende, e

69

Antiogu aiat intèndidu a subra de sa conca una frùsida de alas: si fiat furriadu a abbaidare e aiat bidu in sas rocas s'àbbile ammasedada de su cassadore betzu, cun su bicu forte che unu corru piticu e sos bentàllios nieddos de sas alas mannas chi s'aberiant e iscudiant a bellu.

Pàule, a intro, pensaiat: "De gasi si morit. Custu òmine si nch'est fuidu dae sos òmines ca timiat pro no ochìere, pro non pecare tropu. Allò·ddu inoghe como, pedra in mesu de pedras. De gasi apo a èssere deo intro de trinta, intro de baranta annos, a pustis de un'esìliu eternu. E issa custu sero forsis m'at a isetare galu...".

Issara si nde fiat ischidadu. Ah, non fiat mortu, comente creiat. Sa vida ddi tochidaiat a intro, si dd'ischidaiat forte e corriatza che a s'àbbile intre sas pedras.

"Diat tocare a passare sa note inoghe. Si passo custu note sena de m'atopare cun issa so sarvu. Ajò, Pàule, coràgiu."

Fiat essidu e si fiat sètzidu pensamentosu acanta de Antiogu. S'intrada de su sole fiat irrujende giai s'orizonte: in su corrale s'illonghiaiant sas umbras de sas rocas e de sas molas chi su bentu moviat; e pariat chi fiant sas mantzas de sole a si trèmere: e issara issu a intro suo no ischiat distìnghere cale de sos disìgios suos fiat su prus firmu.

– Su betzu non faeddat prus: est in agonia. Como dd'amus a dare s'estrema untzione; e si morit at a tocare a provìdere a carrare su corpus. Diat tocare, – aiat agiuntu, comente tra se, ma non si fiat atrividu a finire sa frase, – a passare inoghe sa note.

Antiogu si nde fiat pesadu e aiat aprontadu pro s'estrema untzione; aiat abertu sa cassiedda, faghende iscatare cun praghere sos gantzos in colore de prata, aiat bogadu sa tiàgia, aiat bogadu su vasu: aiat ispartu sa capa e si dd'aiat ghetada in palas: pariat issu su satzerdotu.

Cando fiat totu prontu, fiant torrados a intrare a sa pinneta, in ue su nebode de su betzu, inghenugradu, poderaiat sa conca de su moribundu.

Antiogu si fiat inghenugradu a s'àteru chirru, cun sas coas de sa capa ispartas in terra, e aiat ammuntadu cun sa tiàgia sa pedra chi faghiat de setzidòrgiu. Su vasu de prata rifletiat su ruju de sa capa.

Su barratzellu puru si fiat inghenugradu in foras, cun su cane acanta.

E su preìderu aiat untu sa fronte de su betzu, e sas parmas de sas manos chi no aiant chertu mai fàghere violèntzia, e sos pees chi nche dd'aiant leadu a tesu dae sos òmines comente dae su male etotu.

Su sole intrende mandaiat a intro de sa pinneta un'ùrtimu crarore, chi ddi feriat a Antiogu faghende·ddu pàrrere intre su moribundu e su preìderu che una bràsia in mesu de su carbone istudadu.

"Tocat a torrare," pensaiat Pàule "non ddo'at motivu de abarrare inoghe."

– Istat male meda, – aiat naradu, torrende a foras, – no acunsentit prus.

– Istadu comatosu – aiat pretzisadu su barratzellu.

– Intro de carchi ora at a èssere mortu. Diat tocare a provìdere a carrare su corpus.

E torra diat àere chertu agiùnghere: «Diat tocare a passare sa note inoghe»; ma nd'aiat tentu birgòngia de sa fintzione sua.

De su restu s'intendiat ispintu a caminare, a torrare a chirru de bassu. Cando iscurigaiat su pecadu ddu torraiat a atirare, dd'istringhiat cun sa retza de s'umbra. E issu si nd'abbigiaiat e s'ispramaiat: ma a sa fine si bardaiat; intendiat sa cussèntzia ischida, pronta a ddu sustènnere.

"Bastat a passare custu note sena de dda bìdere, e so sarvu."

A no ddu tratènnere calicunu! A non si nde pesare su betzu e dd'aferrare s'oru de sa beste!

Si fiat torradu a sètzere, aiat chircadu de leare tempus. Su sole fiat giai caladu a subra de sa lìnia ùrtima de sa campeda, e in ie in artu sos truncos de sos chercos pariant figurados, in su fundu ruju de s'orizonte, che a sas colunnas de unu portigale a suta de una curnisa niedda manna. Mancu sa morte istorbaiat sa paghe de cudda soledade manna.

Pàule s'intendiat istracu, e, comente su mangianu in pees de s'altare, si fiat chertu istèrrere in sas pedras e si dormire.

In s'ìnteri su barratzellu aiat leadu pro contu suo una detzisione; si fiat issu puru inghenugradu acanta de su moribundu e ddi murmutaiat carchi cosa in s'origra. Su nebode abbaidaiat suspetosu, ma finas unu pagu befajolu. Si fiat acostadu a su preìderu e dd'aiat naradu: – Como chi ais fatu su dovere bostru, bage, bage in bonora: dd'isco deo como su chi cheret fatu.

Su barratzellu fiat torradu a essire.

– Non faeddat prus, – aiat naradu – ma dae un'atzinnu apo cumprèndidu chi at sistemadu totu sas cosas suas. Nicodemu Pania, – aiat agiuntu narende a su nebode – in cussèntzia tua, nos podes assegurare chi non nche podimus andare trancuillos?

– Francu pro su santìssimu sacramentu de s'estrema untzione, podiais finas non bènnere. Ite bos nd'importat de sos fatos meos?

– Tocat a rispetare sa lege! E no àrtzies sa boghe, Nicodemu Pania.

– Bastat, como, no aboghineis – aiat naradu su preìderu faghende s'atzinnu a chirru de sa pinneta.

– Vostè già dd'ischit chi in sa vida unu tenet unu dovere ebbia: a fàghere su dovere suo – aiat sententziadu su barratzellu.

E a su preìderu ddi fiat dòlidu, puntu dae cuddas paràulas; totu oramai ddi faeddaiat a su coro, e ddi pariat chi Deus etotu fiat pronuntziende sas volontades suas pro buca de sos òmines.

Fiat torradu a sètzere a caddu e aiat naradu a su nebode de su betzu: – No abbandones a giaju tuo, bassu chi est ispiradu. Deus est mannu e nois no ischimus mai su chi podet capitare.

S'òmine dd'aiat acumpangiadu pro unu tretu.

– Ascurtet, – aiat naradu, cando fiant a tesu dae su barratzellu, – ei, giaju m'at intregadu su dinari. Mi', ddu giugo inoghe, a suta de su suercu. No est meda, ma su chi est, su meu est?

– Si dd'at dadu a tie ebbia, est su tuo – aiat torradu paràula Pàule; e si fiat furriadu a bìdere si sos àteros fiant in fatu suo.

Fiant in fatu suo. Antiogu s'arrambaiat a unu bàculu chi s'aiat fatu cun unu rampu de aladerru; su barratzellu cun sa visiera de su bonete e sos butones lughende in su riflessu de s'iscurigadòrgiu, in antis de imbucare in sa caminera si fiat furriadu e aiat fatu su saludu militare a chirru de sa pinneta. Fiat saludende sa morte. E s'àbbile pariat rispondende dae su nidu suo, iscutulende galu una borta sas alas in antis de si dormire.

Sas umbras fiant pighende lestras dae sa badde, e in presse aiant imboddiadu a sos tres caminantes. Ma a sa furriada de sa caminera, a pustis de su riu, una lughe a tesu chi beniat dae sa biddighedda aiat illugheradu su caminu issoro. Pariat chi in ie in artu ddo'aiat fogu postu. Fràmulas artas brillaiant in sa costera, e su barratzellu aiat distintu cun sa bista sua alluta meda paritzas umbras chi si moviant in sa pratza de sa crèsia.

Fiat unu sàbadu e belle totu sos òmines depiant èssere torrados a bidda; ma custu no ispricaiat pro ite cuddos fogos e cudda agitatzione insòlita.

– Dd'isco deo pro ite – aiat naradu Antiogu allegru. – Sunt isetende sa torrada nostra e cherent afestare su miràculu de Nina Masia.

– O Deus, Deus! Ma ses iscimpru, Antiogu – aiat aboghinadu su preìderu, abbaidende belle cun terrore sa calada a suta de sa bidda illugherada dae sos fogos.

Su barratzellu no aiat mancu tuntziadu: ma in cuddu mudore isdegnosu aiat iscutuladu sa cadena de su cane e su cane aiat apeddadu: boghes isorrogadas aiant resonadu in sa badde e a su preìderu, in s'angùstia sua, ddi pariat chi una boghe misteriosa protestaiat contra a issu, brighende·ddu pro abusare de sa simpresa de sos parrochianos suos.

"It'apo fatu de issos?" s'aiat pregontadu. "Apo fatu segrestu de issos, comente apo fatu segrestu de me. Deus, sarvade·nos a totus."

E dd'aiant assachiadu propòsitos eròicos: de si firmare, a sa lòmpida, in mesu de sos fideles suos, e cunfessare su pecadu suo, sa misèria sua; de s'abèrrere su petus, in dae in antis issoro, e de fàghere brillare su coro suo miseràbile ma allutu de sa fràmula de su dolore suo prus de sos fogos de istula in sa costera.

Una boghe però ddi pigaiat dae sa cussèntzia: "Est sa fide issoro chi afestant: afestant a Deus in te. Tue non tenes deretu de ti pònnere cun sa misèria tua intre issos e Deus".

Ma galu dae prus a fundu ateruna boghe ddi naraiat: "No est custu: est ca ses vile. Times pro non sufrire, pro non brusiare de a beru".

E manu manu chi acostaiat a sa biddighedda, a sos òmines, s'intendiat prus confusionadu che mai. Ite fàghere? Ddi pariat chi sas umbras e sas lughes chi sos fogos de sa costera iscudiant totu a inghìriu, a subra de ogna pedra, a subra de ogna cambu, essiant dae sa cussèntzia sua: ma cale fiat sa beridade: sa bianca o sa niedda?

Ammentaiat sa bènnida sua a sa biddighedda, annos in antis; sa mama chi ddu poniat in fatu coidadosa comente si ponet in fatu a unu pipiu chi est cumintzende a caminare.

"E deo so rutu in dae in antis suo... E issa creet de mi nd'àere pesadu, ma so fertu a morte. Deus meu, Deus meu..."

E totu in unu aiat sentidu unu sensu de sullèviu pensende chi cudda festa improvisada ddu disviaiat dae sa pena sua, forsis finas dae su perìgulu...

"Apo a fàghere bènnere a calicunu a domo: de gosi at a passare su sero. Nch'at a passare s'ora... Si nche colo sa note so sarvu."

Giai si distinghiant, in artu, sas puntas nieddas de sos cuguddos de sos òmines incarados in su parapetus de sa pratza; e sas fràmulas, prus in artu, a unu chirru e a s'àteru de sa cresiedda, bentulende che banderas rujas: sas campanas non sonaiant, che a s'àtera borta, ma una fisarmònica fiat acumpangende cun su tzìulu suo malincònicu sa trèmula de su crarore a inghìriu.

E issara in su campanile fiat apartu un'astru de prata chi luego si fiat segadu e ispèrdidu acumpangiadu dae unu iscòchidu chi aiat intronadu in sa badde. Poscas si fiat intèndida una boghe de allegria e a coa àteros lampos de isplendore, e tronos de iscopetadas. Fiant isparende in signale de allegria, comente in sos seros de festa solenne.

– Si sunt ammachiados – aiat naradu su barratzellu. E aiat infiladu a cùrrere, cun su cane arrajoladu, comente chi in ie in artu ddo'esseret pilisu chi cheriat domadu.

Antiogu imbetzes teniat gana de prànghere. Abbaidaiat a su preìderu, artu in su caddu, nieddos totus duos in su crarore de sos fogos, e ddi pariat unu santu in professone.

"Mama custu sero at a fàghere betze afàrios cun totu custa gente allegra" aiat pensadu però.

E si s'intendiat de gasi cuntentu chi aiat ispinnigadu sa capa e si dd'aiat ghetada in palas; a coa aiat chertu sa cassiedda, ma no aiat abbandonadu su bàculu; e de gasi fiat torradu a bidda, sìmile a unu de sos Tres Res.

Sa neta de su cassadore betzu aiat mutidu a su preìderu dae sa ghenna sua e aiat pedidu novas de su giaju.

– Totu bene.

– Issara giaju istat mègius?

– Giaju tuo a custa ora est mortu.

Aiat ghetadu una boghe: e fiat istada s'ùnica nota istonada de sa festa.

Sos pitzocos fiant giai calende a chirru de su preìderu; aiant inghiriadu su caddu che una nue de musca e de gosi a unu fiotu fiant pigados finas a sa pratza. In ie in artu sa gente non fiat mancu meda comente pariat dae a tesu multiplicada dae sas umbras; sa presèntzia de su barratzellu cun su cane aiat postu unu tzertu òrdine a inghìriu: sos òmines si manteniant in fila acanta de su parapetus, a suta de sas matas in ue feriat su crarore de sos fogos, e calicunu bufaiat in dae in antis de su tzillereddu de sa mama de Antiogu: sas fèminas, cun pipios dormidos a palas, setziant in sas iscalinas de sa crèsia, giughende in mesu de issos a Nina Masia, trancuilla che unu gatu sonnidu.

Su barratzellu cun su cane, in mesu de sa pratza, pariat unu monumentu.

Cando si fiat bidu su preìderu totus si fiant mòvidos pro dd'inghiriare: su caddu però, ispronadu a cua, aiat illestridu su passu chirchende de calare a s'àteru chirru de sa crèsia, in ue ddoe fiat sa domo de su mere.

Issara custu mere, chi fiat unu de sos chi fiant bufende in dae in antis de su tzilleri, fiat acostadu cun sa tassa in manos, e aiat firmadu sa bèstia aferrende sa brìllia.

– O su runtzinu, ite ses pensende? Alla ca deo so inoghe.

Su caddu si fiat firmadu de corpu, illonghiende su murru in su frenu comente chi cheriat bufare su binu de su mere: e su preìderu aiat fatu sa mòvida pro si nde calare, ma s'òmine dd'aiat mantènnidu firmu a un'anca, e aiat torradu a leare caddu e cadderi in dae in antis de su tzilleri, aporrende sa tassa a unu cumpàngiu chi giughiat s'ampulla in manos.

Totus, òmines e fèminas, si fiant ammuntonados a inghìriu. In su fundu indoradu de sa ghenna de su tzilleri sa figura arta e de zìngara de sa mama de Antiogu, cun sa cara chi in su crarore de sos fogos pariat de ràmene, fiat abbaidende risitende s'iscena: sos pipios ischidados in palas de sas mamas si furrigheddaiant unu pagu timerosos, faghende lùghere, comente si moviant, sos breves de coraddu e de oro chi totus, finas sos prus pòveros, fiant mudados: e in mesu de s'unda in colore de chinisu de sa gentòria su preìderu artu in su caddu pariat de a beru su pastore in mesu de sa gama.

Unu betzu cun sa barba bianca dd'aiat postu una manu in su ghenugru e si fiat furriadu a sa gente: – Gente, – aiat naradu cummòvidu – custu est de a beru un'òmine de Deus.

– E issara bufet e fatzat crèschere su binu – aiat aboghinadu su mere de su caddu, aporrende sa tassa chi Pàule aiat leadu e aiat acostadu luego a sas lavras: a suta però sas dentes ddi tremiant, e su binu irrujende in su riflessu de su fogu ddi fiat partu sàmbene.

Setziat torra in dae in antis de sa mesa sua, in s'istantziedda de pràndere iscrariada dae una làmpana. Sa luna manna indorada pigaiat in su chelu isbianculidu, a subra de sa costera chi in su fundu de sa fenestredda pariat unu monte.

Finas a issara carchi paesanu, su betzu cun sa barba bianca, su mere de su caddu, e àteros, fiant abarrados, cumbidados dae issu, a ddi fàghere cumpangia. Bufaiant e brullaiant, contaiant contos de cassa. Su betzu cun sa barba bianca, cassadore issu puru, criticaiat a su Re Nicodemu, ca, naraiat issu, su betzu solitàriu non praticaiat sa cassa segundu sa lege de Deus.

– Non pro dd'ofèndere, in s'ora de sa morte, ma si depo nàrrere sa beridade, praticaiat sa cassa pro ddoe balangiare ebbia. Custu ierru passadu, dae sas peddes de cassile ebbia at fatu mìgias de francos. E Deus permitit a ochìere sas bèstias ma no a ddas ispèrdere. Ddas atzapaiat cun su latzu puru, e custu no est per-mìtidu, ca sas bèstias sufrint che a nois, e depent èssere terrìbiles sas oras passadas in su latzu. Pro nàrrere, una borta deo apo bidu pròpiu cun custos ogros unu latzu in ue unu lèpere aiat lassadu su pee. Cumprèndidu? Su lèpere atzapadu in su latzu aiat rosigadu sa petza a inghìriu de su pee e si dd'aiat istratzadu pro si pòdere liberare. E in prus, ite si nde faghiat de su dinari Nicodemu? Ddu cuaiat. Como su nebode si dd'at a bufare in pagu dies.

– Su dinari est fatu pro dd'ispèndere – aiat naradu su mere de su caddu, chi fiat un'òmine afroddieri. – Deo, pro nàrrere, dd'apo semper ispèndidu, pro m'ispassiare, sena de fàghere male a nemos. Una borta, a sa festa nostra, sigomente no ischia ite fàghere, firmo a unu chi bendiat sedatzos chi fiat passende cun totu sa mercantzia. E còmporo totu sos sedatzos, e ddos pòngio a rodulare in pratza e curro in fatu ispinghende·ddos cun su pee. In unu momentu totu sa gente fiat in fatu meu, riende e aboghinende. E sos pitzocos e sos giòvanos e a coa finas carchi òmine sèriu m'ant postu in fatu. Est istadu unu giogu chi galu totus si nd'ammentant. Ogna borta chi su pàrracu betzu mi bidiat aboghinaiat dae a tesu: «Oh Pascale Masia, sedatzos de pònnere a cùrrere non nche nd'at?».

Sos cumbidados riiant: su preìderu ebbia pariat pensamento-su, e fiat grogu e istracu. E su betzu cun sa barba bianca, chi ddu remiraiat cun religione, aiat fatu s'atzinnu a sos cumpàngios a si nch'andare. Fiat ora de lassare a su serbidore de Deus a su riposu meritadu e a sa soledade sua santa.

Sos cumbidados si nde fiant pesados, totu paris, franghende·si aizu a segus pro saludare; a pustis Pàule si fiat agatadu solu, intre sa framuledda tremende de sa làmpana e sa luna chi abbaidaiat dae sa fenestredda: in foras s'intendiat su sonu de sas bullitas de sas iscarpas de sos òmines chi s'illargaiant in s'impedradu de sa carrera solitària.

Fiat chitzo galu pro si corcare; e mancari s'intendiat totu a dolores, cun sa mola de su tzugru truncada dae s'istrachidùmene comente chi totu sa die esseret giùghidu unu giuale, non fiat mancu pensende·ddoe a pigare a s'aposentu suo.

Sa mama fiat galu in coghina: issu no dda bidiat, ma intendiat chi fiat bigende *che a sa note in antis*.

Che a sa note in antis! Ddi pariat de àere dormidu meda e de si nd'ischidare de repente: e chi su pistighìngiu de sa bènnida dae domo de Agnese, e sos pensamentos de su note, sa lìtera, sa missa, su biàgiu a sa campeda, sa dimustratzione de sos paesanos, fiat totu unu bisu. Sa vida bera torraiat a cumintzu como: issu essiat... duos passos, deghe passos... aberiat sa ghenna, torraiat a domo de issa... Sa vida bera torraiat a cumintzu.

"Forsis però non m'est isetende. Non m'est isetende prus."

Issara aiat intèndidu sos ghenugros chi ddi tremiant, si pinnigaiant. Su terrore dd'assachiaiat torra, ma non prus pro s'idea de torrare a domo de issa, ma pro s'idea chi issa esseret atzetadu sa sorte e esseret giai cumintzadu a s'ismentigare de issu.

E si fiat abbigiadu chi in prus profundu de su coro sa prus pena sua manna, a pustis de sa bènnida dae sa campeda, fiat istada custa: no ischire nudda de issa, su mudore, s'isparitzione de issa.

Fiat custa sa morte bera: chi issa esseret sessadu de dd'amare.

Aiat cuadu sa cara in sas manos, aiat chircadu de *dda bìdere*, e aiat cumintzadu a ddi ghetare in cara totu sas cosas chi issa diat àere dèpidu ghetare in cara a issu.

"Agnese, tue non podes ismentigare sas promitas tuas. Comente faghes, comente faghes a ti nd'ismentigare? Tue m'istringhias sos burtzos cun sas manos tuas fortes e mi naraias: «Semus acapiados pro sa vida e pro sa morte». Est possìbile chi tue ti nde sias ismentigada? Tue naraias: «Ischis, ischis...»."

S'aiat passadu unu pòddighe in sa mola de su tzugru; ddi pariat ca fiat afoghende.

"Est su dimòniu chi m'at atzapadu in su latzu."

E aiat torradu a pensare a su lèpere chi s'aiat rosigadu su pee.

Aiat respiradu a fundu, si nde fiat pesadu, aiat aferradu sa lughe; e cheriat fortzare sa volontade sua, si cheriat rosigare issu puru sa carre pro si liberare. Aiat detzìdidu de pigare a s'aposentu suo, ma cando si fiat mòvidu aiat bidu a sa mama, in ue si setziat semper in sa coghina muda, e, acanta sua, a Antiogu chi si fiat dormidu. Fiat acostadu a sa ghenna.

– Ite ddoe faghet galu inoghe cuddu pitzocu?

Sa mama si fiat furriada a dd'abbaidare esitende; si fiat cherta calliare, cuare a Antiogu cun sa coa de su bestire pro chi Pàule no esseret istentadu, pro chi Pàule s'esseret retiradu a s'aposentu suo. Teniat oramai una fide firma in issu, ma pensaiat issa puru a su dimòniu e a su latzu suo.

Antiogu però si fiat giai ischidadu e ammentaiat bene su motivu chi, mancari sa fèmina dd'esseret naradu a si nch'andare, fiat in ie isetende.

– Fia inoghe ca mama est isetende sa bisita de vostè.

– Ma ora de bisitas est custa? – aiat protestadu sa mama. – Bae, toca; nara·ddi ca Pàule est istracu e at a andare cras.

Faeddende a su pitzocu fiat abbaidende a su figiu: e ddu bidiat fissende sa lugherra cun sos ogros fissos, ma sas pibiristas suas iscudiant che sas alas de sos calacasos a de note acanta de sa lughe.

Antiogu si nde fiat pesadu totu afrigidu.

– Est ca mama est isetende. E creet chi siat una cosa importante.

– Si fiat istada una cosa importante fiat andadu a si ddu nàrrere luego. Toca, bae.

Sa boghe sua fiat àrrida, e Pàule aiat artziadu sos ogros, totu in unu torrados ardentes: intendiat sa timòria de sa mama, chi issu esseret essidu, e si fiat torra inchietadu malamente.

Aiat torradu a arrimare sa lugherra in sa mesa, iscudende·dda a forte, e aiat mutidu a Antiogu.

– Ajò a in ue mama tua.

In su passadissu però si fiat furriadu e aiat agiuntu: – Torro luego, ma'; lassade abertu.

Issa non si fiat mòvida, ma a pustis chi sos duos fiant essidos fiat andada a oretare dae sa ghenna iscaranzada; ddos aiat bidos atraessende sa pratza bianca de luna, intrende a su tzilleri galu illuminadu: issara fiat torrada a intrare e aiat cumintzadu a isetare, che a su note in antis.

Cun meravìgia s'abbigiaiat de non tìmere chi su pàrracu betzu dd'esseret torradu a apàrrere: fiat istadu totu unu bisu; epuru a sa fine non fiat segura chi sa pantasma non diat torrare e ddi diat pedire contu de sas mìgias acontzadas.

– Ddas apo acontzadas, ei – aiat naradu a forte pensende a sa faina fata pro su figiu. E s'intendiat chi si sa pantasma esseret torrada ddi diat ischire parare fronte e cuncordare cun issa.

Fiat totu calmu, però, in su mudore lunare: dae sos bidros de sa fenestredda si bidiant sas matas de sa costera lughende comente chi ogna fògia esseret pispiende·nde un'ischintidda de prata: su chelu pariat de late e su fragu de sas molas nuscosas intraiat finas a domo. E issa puru fiat calma, e no ischiat pro ite, pensende ca Pàule suo podiat tzèdere galu a su pecadu, non nde fiat prus assustada. Bidiat galu sas pibiristas de issu iscudende comente sos de unu pipiu acanta de prànghere: e su coro de mama a sa fine s'isorviat de piedade.

"Pro ite, o Deus, pro ite?"

Non s'atriviat a finire sa pregonta, ma sa pregonta fiat in fundu a su coro che una pedra in fundu a su putzu. Pro ite, o Deus, Pàule non podiat amare a una fèmina? Totus podent amare, finas sos serbidores e sos tzeracos, finas sos tzurpos e sos cundennados a sa presone; pro ite Pàule suo, sa criatura sua, issu ebbia non podiat amare?

Torra però su sensu de sa realidade dd'aiat imboddiada. Aiat ammentadu sas paràulas de Antiogu e nd'aiat tentu birgòngia de èssere prus pagu sàbia de unu pitzocu.

«Issos etotu, sos preìderos prus giòvanos, aiant pedidu de bìvere lìberos e castos, a tesu dae sa fèmina.»

E Pàule suo fiat forte; non fiat de mancu de sos antigos predetzessores: issu non diat prànghere, nono, sos covacos de s'ogru si ddi diant firmare, assutos che sos de sos mortos. Issu fiat forte.

"So deo chi so rimbambida."

Ei, ddi pariat de èssere imbetzada de binti annos, in cudda die longa de emotziones: ogna ora dd'aiat dadu unu corpu a sos renes, ogna minutu dd'aiat allisiadu s'ànima comente s'iscarpeddu de su picapedreri allisiaiat sas rocas tostas in ie a segus de sa costera.

Tantas cosas ddi pariant craras, diferentes dae sa die in antis; sa figura de Agnese chi dd'abbaidaiat fiera cuende a intro suo ogna sentimentu, ddi saddiaiat ogna tantu in dae in antis.

– Issa puru est forte e at a ischire cuare ogna cosa.

Aiat istudadu a bellu su fogu, bene, in modu chi mancu un'ischintidda podiat brotare dae su chinisu e s'atacare a carchi cosa acanta, poscas fiat andada a serrare sa ghenna, ca ischiat ca issu giughiat semper sa crae in fatu; caminaiat a forte, comente a si fàghere intèndere dae issu mancari fiat a tesu, e ddi fàghere a cumprèndere cun su passu seguru cantu fiat segura a intro suo.

Epuru intendiat bene ca custa seguresa a sa fine non fiat firma: ma ite ddo'at de firmu in sa vida nostra, Deus meu? Mancu sas raighinas de sos montes, mancu sos fundamentos de sas crèsias, ca una trèmida de sa terra ddas podet tirare dae fundu: de gasi issa fiat segura oramai de Pàule suo, e segura de se, ma assustada e timerosa de s'isconnotu chi podet bènnere. E si nche fiat istrampada in sa cadrea, in s'aposentu suo, pensende chi forsis diat èssere istadu mègius a lassare sa ghenna aberta.

A coa si nde fiat pesada e aiat cumintzadu a s'iscapiare sa cordiola de sa pannedda: ma su nodu fiat de gasi apidditzadu chi a sa fine si fiat inchietada.

Tocaiat a segare sa cordioledda, e issa aiat fatu unu passu pro chircare sas fòrfighes in sa corbighedda. In sa crobighedda de tra- ballu ddoe fiat allomuradu unu gatigheddu e cun su cuntatu suo sos lòmuros si fiant callentados; sas fòrfighes puru fiant callentes, e issa ddas aiat intèndidas comente bias in sos pòddighes suos; ma luego ddas aiat arrimadas; nono, cheriat iscontzare su nodu. E s'aiat torradu a acostare sa lughe e aiat tiradu su nodu de sa pannedda in dae in antis, e parpa·parpa, fiat resurtada a dd'iscapiare. Aiat fatu unu suspiru, a coa aiat sighidu a si nde leare a bellu a bellu sa bestimenta, ponende·dda totu bene pinnigada in sa cadrea a pustis de àere bogadu dae sa butzaca de sa sotoveste sas craes e de ddas àere postas in fila, comente una bona famìllia in reposu, a subra de su comodinu. De gasi dd'aiant imparada sos meres: òrdine e òrdine; e issa ubbidiat galu a sos antigos cumandos.

Si fiat torrada a sètzere, cun sa camisa curtza in sas ancas chi pariant de linna; e aiat cascadu: càschidos de istrachidùmene e de acunnortu.

No, chi torret, e in sa ghenna serrada legat totu sa fide de sa mama. Tocaiat a ddu leare de gasi, cun totu sa fide. Epuru issa allentaiat s'origra: in modu diferente dae sa note in antis, ma allentaiat s'origra.

Aiat lassadu rùere sas iscarpas, ddas aiat acostadas a pare, comente bonas sorres chi si depent fàghere cumpangia su note puru; e sighiat a pregare e a cascare; càschidos de istrachidùmene e de acunnortu, ma finas de nervosu.

Ite fiat andadu a nàrrere a sa mama de Antiogu? Sa fèmina non teniat numenada bella: fiat usureri e, naraiant, finas rufiana. Nono, issa aiat suladu in sa candela, aiat istudadu su lughìngiu cun sos pòddighes infustos de salia e nche fiat pigada in su letu: ma non si fiat pòdida istèrrere.

Ddi fiat partu de intèndere unu passu in s'aposentu. Fiat sa pantasma chi fiat torrende? Una timòria terrìbile chi nche diat pigare in su letu e dd'esseret possèdida dd'aiat iscurigadu sa mente: su sàmbene si ddi fiat ghiddiadu in sas benas, a pustis ddi fiat curtu totu a su coro comente sa gentòria in pilisu in sas carreras de una tzitade chi assortit totu a sa pratza. Pagas iscutas e fiat torrada in èssere, nd'aiat tentu birgòngia de sa timòria sua, produida tzertu dae dùbbios impuros chi issa teniat de Pàule suo.

Nono, non cheriat, non cheriat prus ispreculitare mancu sa prus atzione pitica de issu. Depiat abarrare chieta, a s'iscuru, de gosi, in s'aposenteddu suo de tzeraca. Si fiat istèrrida, si fiat ammuntada; s'aiat ammuntadu finas sas origras pro no intèndere si issu torraiat o nono: ma a intro si dd'*intendiat* su matessi, si dd'intendiat chi issu non torraiat, chi nche ddu leaiat calicunu, contra a sa volontade sua, comente unu chi est trasinadu a mala gana a su ballu.

Fiat però segura de issu: in antis o a pustis, issu si diat liberare; e de su restu issa fiat in ie, a suta de sas mantas, ma non fiat dormida; e teniat s'impressione de parpare galu su nodu apidditzadu de sa pannedda, detzisa a dd'iscapiare.

E a coa sa mùida de sas origras ammuntadas ddi pariat su murmutu de sa gentòria in sa pratza e prus a tesu galu: unu murmutu de gente chi si lamentaiat, ma riiat e cantaiat e ballaiat puru. Pàule suo fiat in mesu. E a subra, in unu logu artu, calicunu fiat sonende dultze una chiterra. Forsis Deus a subra de su ballu de sos òmines.

Sa mama de Antiogu aiat pensadu totu sa die ite motivu podiat tènnere sa bisita annuntziada de su preìderu; ma non fiat mancu pensende·ddoe a ammustrare ca ddu fiat isetende. Forsis issu ddi cheriat nàrrere cosa pro s'usura e àteras artes chi faghiat; e ca prestaiat, comente meighina ebbia, ma semper a càmbiu de unu cumpensu piticu, tzertas relìchias antigas meda ereditadas dae sa famìllia de su maridu. O forsis issu puru cheriat unu prèstidu, pro issu o pro sos àteros. In ogna modu, andadu chi si nche fiat s'ùrtimu fitianu, fiat acostada a sa ghenna cun sas manos a intro de sas butzacas prenas de monedas de ràmene, e aiat abbaidadu si nessi Antiogu fiat torrende. Fiat torrende acumpangiadu dae su preìderu. Allò·ddos, sunt atraessende sa pratza, nieddos in sa luna.

Issa aiat fintu de èssere in bassu pro serrare sa ghenna; e difatis nd'aiat serradu una perra, indurghende·si a dda firmare cun s'istanga. Fiat lèpita, in sos movimentos, mancari manna de dossu, cun sa conca, a s'imbesse de sas paesanas suas, pitica ma ismanniada dae unu cucajone mannu de tritzas nieddas.

Cando fiat acostadu su preìderu si fiat achidrinada e aiat saludadu cumprida, abbaidende·ddu però in sos ogros cun sos ogros suos nieddos dultzes e ardentes: a coa dd'aiat pregadu a s'acomodare a intro, in s'aposentu de fundu, mentras Antiogu dda pregaiat cun sos ogros de insìstere in su cumbidu.

Su preìderu però aiat naradu garbosu: – Abarremus inoghe, abarremus inoghe – e si fiat sètzidu in dae in antis de una de sas mesas longas de su tzilleri, nieddas de binu.

Antiogu, acunnortadu, fiat abarradu apuntadu acanta sua, furriende lèpitu a unu chirru e a s'àteru sa conca pro abbaidare si, a su mancu, fiat totu assentadu, e timende pro non bènnere carchi fitianu.

Non fiat benende nemos e fiat totu assentadu: s'umbra manna de sa mama ammuntaiat su parastàgiu de sas ampullas birdes, rujas e grogas de sos licores, a segus de su bancu piticu, mentras sa lughe de sa làmpada a petròliu feriat crua in sos carradellos nieddos comente arrambados a su muru de a fache. De su restu ddoe fiat petzi sa mesa in ue fiat setzende su preìderu e ateruna mesa solitària; e in sa ghenna, apicadu in s'architrave, unu rampu de martzigusa chi teniat s'iscopu dòpiu de avèrtere sa gente chi cudda fiat sa ghenna de unu tzilleri, e de atzapare sa musca.

Antiogu aiat, durante totu cudda die, isetadu cudda ora: ddi pariat chi unu mistèriu si depiat iscoviare. Timiat chi esseret bènnidu calicunu, chi sa mama nde dd'esseret fatu abarrare male. Dd'aiat cherta prus ùmile, prus dultze in dae in antis de su preìde-ru: imbetzes issa fiat torrada a su bancu e istaiat in ie cumposta che una reina in su tronu; pariat chi no ischiat chi cuddu òmine sètzidu comente unu fitianu cale si siat in sa mesa de su tzilleri fiat unu santu chi faghiat miràculos; e non fiat mancu reconnoschente pro su binu meda chi cudda die aiat bèndidu pro more suo.

Ma la', a sa fine issu faeddaiat: – Chèrgio bìdere a maridu suo puru – aiat cumintzadu, cun sos cùidos in sa mesa, giunghende a pare sas puntas de sos pòddighes unu pagu abertos e chi ddo'abbaidaiat a traessu. – Ma Antiogu narat ca at a torrare domìniga chi benit ebbia.

Sa fèmina aiat fatu un'atzinnu lèbiu cun sa conca.

– At a torrare domìniga chi benit, ei. Ma si cheret ando a ddu mutire – aiat propostu galu una borta Antiogu, cun fervore chi nemos ddo'aiat dadu atentzione.

– Est pro su pitzocu. Est bènnida s'ora chi depides pensare de a beru a issu. Oramai est mannitu, su pitzocu: tocat a dd'imparare un'arte, o, si cherides a si fàghere preìderu, a pensare de a beru a sa responsabilidade chi bos leades.

Antiogu aiat abertu sa buca, ma, comente sa mama fiat cumintzende a faeddare, si fiat furriadu a chirru suo e aiat ascurtadu a sa muda, ma cun sa cara inchieta e prena de umbras de contrariedade.

Sa fèmina nd'aiat aprofitadu pro bantare, comente faghiat semper, a su maridu, finas pro s'iscusare de s'èssere cojuada cun un'òmine prus betzu meda de issa.

– Martinu meu, vostè dd'ischit, est su prus òmine de cussèntzia de su mundu: maridu bonu e babbu bonu, e comente traballat issu non traballat nemos. Chie est de sos paesanos nostros chi traballat cantu a issu? Nàrgiat vostè, chi ischit su fàmene chi ddo'at in bidda pro sa mandronia de sos abitantes. Duncas, fia narende, si Antiogu cheret seberare un'arte bastat a pònnere in fatu a su babbu: cussa est sa mègius arte pro issu. Su pitzocu est lìberu, e finas si non cheret fàghere nudda, no ddu naro pro pàgia, ma gràtzias a Deus diat bìvere sena de furare. Ma si cheret un'arte chi non siat sa de su babbu, chi sèberet: si cheret fàghere su carbonaju chi fatzat su carbonaju; si cheret fàghere su maistru de linna chi fatzat su maistru de linna; si cheret fàghere su massaju chi fatzat su massaju.

– Deo mi chèrgio fàghere preìderu – aiat naradu su pitzocu cun sas lavras tremende e sos ogros allutos de volontade.

– E issara faghe·ti preìderu.

E su destinu suo pariat risoltu.

Su preìderu aiat lassadu rùere sas manos in sas mesa, che duas fògias biancas: aiat artziadu sa cara, dd'aiat torrada a abbassare.

Totu in unu ddi pariat ridìculu cuddu de si fàghere sos fatos angenos. Comente podiat risòlvere su problema de su benidore de Antiogu si non nche renessiat a risòlvere mancu su suo?

Su pitzocu fiat in ie, in dae in antis suo, tèteru brusiende che su ferru allutu chi isetat su corpu de su marteddu pro retzire sa forma: ogna paràula ddi podiat giuare, ogna paràula ddi podiat nòghere.

E issu dd'aiat abbaidadu belle cun imbìdia: e in fundu a sa cussèntzia aiat aprovadu a cudda mama chi lassaiat a su figiu lìberu de s'abbandonare a s'istintu suo.

– S'istintu non nos trampat mai – aiat naradu, sighende a bellu in su pensamentu suo. – Ma tue, Antiogu, nara·mi como, in dae in antis de mama tua: pro ite ti cheres fàghere preìderu? No est un'arte, sa de su preìderu: no est comente a fàghere su carbonaju o su maistru de linna: como mancari ti paret una cosa leve, còmoda, ma as a bìdere prus a in antis chi at a èssere malu meda. Sos gosos e sos ispàssios permìtidos a sos àteros òmines sunt proibidos a nois: sa vida nostra, si cherimus de a beru serbire a Deus, est unu sacrifìtziu continu.

– Dd'isco – aiat naradu trancuillu su pitzocu. – Deo chèrgio serbire a Deus.

E aiat abbaidadu a sa mama ca nde teniat unu pagu de birgòngia de ammustrare totu sa cuntentesa chi teniat in dae in antis suo: ma issa abarraiat in ie in artu trancuilla e frita in su bancu comente cando serbiat a sos fitianos, e issu aiat sighidu: – Babbu e mama sunt cuntentos chi mi fatzo preìderu: pro ite no ddu depo èssere? A bortas como so discoidadu, ca so galu pitzocu; ma dae como apo a èssere prus sèriu e atentu.

– No est custu, Antiogu. Tue ses finas tropu sèriu e atentu: a s'edade tua tocat a èssere ispensamentados, allegros; istudiare e si preparare a sa vida, ei, ma èssere finas pitzocos.

– E non so pitzocu deo? Giogo, ei; est ca vostè non mi bidet, cando so gioghende. E in prus, si non nde tèngio gana, pro ite depo giogare? M'ispidiento in tantas maneras: cando toco sas campanas mi praghet meda. Mi paret de èssere unu pugione in su campanile. E oe non mi so ispidientadu? Mi praghiat a giùghere sa cassiedda, mi praghiat a caminare in artu in artu, in mesu de sas pedras. So lòmpidu in antis suo, mancari fiat a caddu. Mi praghiat meda cando semus torrados; e mi praghiat meda, oe, – aiat agiuntu abbassende sos ogros – cando vostè at catzadu sos dimònios dae su corpus de Nina Masia.

Su preìderu aiat risitadu, mancari non cheriat.

– Tue crees a custa cosa? – aiat pregontadu a bellu; e luego aiat bidu sos ogros de su pitzocu aberende·si de gasi lughentes de meravìgia e de fide, chi aiat abbassadu sos suos pro cuare s'umbra oscura de s'ànima sua.

– Est ca... est ca a pitzocos si pensat in unu modu, e totu paret bellu e mannu, – aiat sighidu, totu avolotadu, – mentras a coa, cun s'edade, sas cosas càmbiant de bisura. Tocat a ddoe pensare bene a sas cosas in antis de ddas fàghere, pro non si nde pentire a coa.

– Nono, non mi nd'apo a pentire, ddi naro! Vostè pentidu si nd'est? Nono. E de gasi non mi nd'apo a pentire deo.

Pàule aiat artziadu sos ogros: ddi fiat torra partu de tènnere in manos s'ànima de su pitzinnu, comente chi esseret de chera, e de ddi pòdere dare sa forma cun pagu tocos: aiat tìmidu torra e si fiat calliadu.

Sa fèmina dae su bancu ascurtaiat chieta: sas paràulas cumintzaiant però a ddi dare unu tzertu malèssere. Aiat abertu sa calàsciu in dae in antis suo, in ue teniat su dinari e sos aneddos cun sos cammeos e sas ispillas e sas madreperlas chi sas fèminas dd'intregaiant in pìngiu pro prèstidos piticos: e pensamentos malignos aiant brilladu in sos cugiones prus oscuros de sa mente che a cuddas prendas tristas in fundu a su calàsciu.

"Su preìderu timet chi Antiogu acudat a nde ddi leare sa parròchia," pensaiat "opuru tenet bisòngiu de dinari e isfogat in antis su malumore suo. Como at a pedire su prèstidu."

Aiat serradu a bellu su calàsciu, e fiat torrada trancuilla che a semper: fiat abituada a si calliare, a non leare mai parte, mancu interrogada, a sos chistionos de sos fitianos suos, massimamente si fiant gioghende a cartas. De gasi aiat lassadu chi Antiogheddu esseret paradu fronte a sa sola a s'inimigu suo.

– Comente non crèere? Non fiat indimoniada, Nina Masia? Deo etotu intendia su dimòniu chi ddi tremiat a intro che unu lupu in gàbbia. E petzi sas paràulas de su Vangelu, naradas dae vostè, dd'ant liberada.

– Est beru, sa paràula de Deus podet totu – aiat ammìtidu su preìderu: e totu in unu si nde fiat pesadu.

Si nche cheriat andare? Antiogu dd'aiat abbaidadu belle assustadu.

– Giai andende·si·nche est? – aiat pregontadu.

Totu custa fiat sa bisita? Fiat curtu in dae in antis de su bancu e aiat fatu un'atzinnu disisperadu a sa mama: e issa si fiat furriada e aiat leadu un'ampulla dae su parastàgiu. Ddoe fiat abarrada male issa puru: isperaiat de pòdere prestare dinari a su pàrracu, mancari a interessu bassu, in modu de legitimare in carchi modu s'usura sua in dae in antis de Deus. Issu imbetzes fiat bènnidu massimamente pro nàrrere a Antiogu chi s'arte de su preìderu no est sa de su maistru de linna: in ogna modu tocaiat a ddu cumbidare.

– Su pàrracu, vostè non si nch'at a andare de gasi! Atzetet carchi cosa; est binu betzu de s'àteru sèculu.

Antiogu giughiat giai in manos sa safata cun unu càlighe de cristallu.

– Pagu, pagu.

Sa fèmina ghetaiat, illonghiada in su bancu, atenta pro non nde fulliare mancu un'istìddiu. Pàule aiat artziadu su càlighe, in ue su binu fragaiat che una rosa oscura; in antis dd'aiat fatu assagiare a su pitzocu, a coa dd'aiat acostadu a sas lavras.

– Issara bufamus a su pàrracu futuru de Aar! – aiat naradu.

E Antiogu si fiat arrambadu a su bancu, ca sos ghenugros si ddi pinnigaiant: fiat istadu su prus momentu ditzosu de sa vida sua.

In s'allegria sua, mentras sa mama si furriaiat a regòllere in su parastàgiu s'ampulla pretziosa, non si fiat abbigiadu chi su preìderu fiat ingroghidu fissende sos ogros foras de sa ghenna comente chi esseret bidende una pantasma.

Una figura niedda fiat currende muda a traessu de sa pratza: fiat lòmpida a sa ghenna de su tzilleri, ddo'aiat abbaidadu cun sos ogros nieddos abertos in campu, fiat intrada assupende.

Fiat una tzeraca de Agnese.

Su preìderu de istintu si fiat frantu in fundu a su tzilleri, chirchende de si cuare; fiat torradu a in antis comente ispintu dae unu corpu a palas; ddi fiat partu de fàghere su mòlia·mòlia che una tròtula, aiat ammentadu chi non fiat solu e ddu podiant bìdere, e si fiat firmadu.

Ma non cheriat intèndere sas paràulas chi sa tzeraca naraiat a sa fèmina atenta a dd'ascurtare dae su bancu suo: teniat ebbia unu disìgiu de fua, de sarvesa: su coro non tochidaiat prus; totu su sàmbene ddi fiat pigadu a conca e dd'intronaiat in sas origras. Sas paràulas de sa tzeraca però ddi lompiant su matessi finas a su profundu de s'ànima.

– Est ruta: dd'at essidu sàmbene meda dae nasu, ma tantu chi paret chi s'at segadu carchi cosa in conca. E su sàmbene sighit. Dage·mi sas craes de Santa Maria Egitzìaca, ca cussu ebbia ddu podet firmare.

Antiogu, chi fiat ascurtende cun sa safata e su càlighe galu in manos, fiat curtu a leare sas craes de un'antiga cresiedda derruta, chi postas in sas palas de chie sufriat de sàmbene dae nasu teniant de a beru carchi virtude de dd'istangiare.

"Est una cummèdia" pensaiat Pàule. "No est beru nudda. At mandadu issa sa tzeraca a m'oretare e chircare de m'atirare a domo sua; forsis ant cuncordadu cun custa rufiana."

Epuru a intro, a intro a intro, s'avolotu de totu s'èssere suo creschiat. Nono, sa tzeraca non fiat narende fàulas: Agnese fiat tropu fiera pro si cunfidare cun nemos e prus pagu galu cun sas tzeracas suas. Agnese istaiat male de a beru. Ddi pariat de dda bìdere cun sa cara dultze insambenada. E fiat issu chi dd'aiat iscuta.

"Paret chi si dd'at segadu carchi cosa in conca."

Aiat bidu sos ogros fines de sa fèmina in su bancu pesende·si le-stros a chirru suo, cun una mirada de ispantu pro s'indiferèntzia sua.

– Ma comente est capitadu? – aiat pregontadu issara a sa tzeraca, ma a bellu, comente chirchende de cuare a issu etotu su pistighìngiu.

Sa tzeraca si fiat furriada totu a chirru de issu; cun una cara oscura, tosta, acutza, chi si dd'illonghiaiat in dae in antis comente un'iscòlliu chi issu timiat de atumbare.

– Deo non fia in domo, cando est ruta. Est capitadu custu mangianu, cando fia in sa funtana: cando so torrada dd'apo agatada chi istaiat giai male: aiat trabucadu in s'iscalina de sa ghenna e su sàmbene ddi essiat dae nasu. Prus che àteru pariat chi si nde fiat assustada. A pustis su sàmbene at sessadu: totu sa die però est abarrada groga e no at chertu mandigare. E custu sero su sàmbene dd'est torradu a calare dae nasu, e a prus de custu dd'at bènnidu comente una convulsione. Como dd'apo lassada chi fiat frita, tètera, cun su sàmbene semper essende. So pistighingiada, – aiat torradu a nàrrere imboddiende in sa pannedda sas craes chi Antiogu aiat batidu – semus fèminas ebbia in domo.

In su mentras si fiat aviada, sena de sessare de ddu fissare, comente chi si ddu cheriat tirare in fatu cun sa fortza de sa mirada.

E sa fèmina sètzida in su bancu aiat naradu cun sa boghe sua frita: – Pro ite no andat a dda bìdere, su pàrracu?

Issu si frigaiat sas manos sena de si nd'abbigiare.

– No dd'isco... a custa ora...

– Bèngiat, bèngiat! Sa merighedda mea at a èssere cuntenta e at a pònnere ànimos, si vostè benit.

"Est su dimòniu chi faeddat dae sa buca tua" pensaiat issu, e in su mentras dda poniat in fatu, comente unu chi no acunsentit.

Aiat aferradu a su bratzu a Antiogu e si ddu tragiaiat in fatu comente pro si poderare. E su pitzocu andaiat cun issu, comente una tàula in sas undas: de gasi fiant in sa pratza, e in artu, in artu, finas a sa domo de su preìderu. Sa tzeraca curriat a in antis, furriende·si però ogna tantu a abbaidare cun su biancu de sos ogros lughende in sa luna. De gasi niedda, cun sa cara oscura che una màscara, teniat de a beru carchi cosa de diabòlicu; e Pàule dda poniat in fatu comente timende no ischiat bene ite, parende·ddi de caminare de gasi aferradu a Antiogu che a Tobias tzurpu. Ma passende rasente a sa ghenna sua si fiat abbigiadu, finas ca su pitzocu aiat chircadu de ispìnghere sa perra, chi sa mama aiat afriscadu. Si fiat firmadu de corpu, si fiat istacadu dae su cumpàngiu.

"Mama at afriscadu ca ischiat giai chi deo non dia mantènnere sa paràula" aiat pensadu. – Antiogu, – aiat naradu a su pitzocu – torra a domo tua: bae.

Sa tzeraca si fiat firmada; aiat torradu a caminare; si fiat torrada a firmare, aiat bidu ca su pitzocu fiat andadu a chirru de sa domighedda sua e ca su preìderu poniat sa crae in s'afriscu: issara fiat torradu in segus, finas a issu.

– Non bèngio – aiat naradu, furriende·si belle minetzosu: e dd'aiat abbaidada bene in cara, comente chi dda cheriat connòschere a traessu de sa màscara. – Si tenides pròpiu bisòngiu, ma bisòngiu a beru, issara torra a mi mutire.

Issa si nche fiat andada, sena de faeddare prus una paràula; e issu fiat istadu in dae in antis de sa ghenna sua cun sa manu in sa crae comente chi custa non giraiat prus. Non podiat, non podiat intrare; e avantzare a in ue in antis fiat aviadu non podiat. Pro carchi momentu aiat tentu s'impressione de dèpere abarrare de gasi pro s'eternidade, in dae in antis de una ghenna afriscada chi puru issu teniat sa crae.

Antiogu in su mentras fiat torradu: sa mama aiat afriscadu sa ghenna, e issu aiat sabunadu e regortu sas tassas; e sa primu chi aiat innetiadu cun s'abba neta fiat sa chi ddo'aiat bufadu *issu*. Dd'aiat assutada bene passende·nche a intro cun su pòddighe mannu unu telu biancu; a coa dd'aiat abbaidada a sa lughe de sa làmpada cun un'ogru ebbia; pariat de diamante. E dd'aiat cuada in unu ripostìlliu, cun religione, che a su càlighe de sa missa.

Pàule puru fiat torradu e nche fiat pighende tamba·tamba in s'iscalina iscura; e dd'ammentaiat in manera confusionada, de cando a pipiu pigaiat de gasi, tamba·tamba e a mautzis in un'iscalina chi però non s'ammentaiat bene in ue fiat.

Che a issara, teniat s'impressione de unu perìgulu chi petzi dende atentzione meda si podiat iscansare. Fiat lòmpidu a su repranu. Fiat lòmpidu a sa ghenna de s'aposentu suo. Fiat sarvu.

Ma in dae in antis de sa ghenna aiat isetadu torra a abèrrere; e totu in unu si fiat furriadu e aiat pichiadu a bellu cun su nodu de su pòddighe inditadore a sa ghenna de sa mama: a coa sena de isetare risposta aiat abertu e fiat intradu.

– So deo, – aiat naradu àrridu – no allugais. Bos depo nàrrere una cosa.

Dd'intendiat movende·si in su letu, chi sa banita tzacarraiat; ma no dda bidiat, no dda cheriat bìdere, cheriat ebbia chi sas ànimas issoro s'esserent faeddadas in sas tènebras, comente giai passadas in s'àteru mundu.

– Tue ses? Fia bisende – aiat naradu cun boghe sonnida ma assustada. – Unu ballu... unu chi fiat sonende una chiterra.

– Mama, – aiat sighidu, sena de dare atentzione a sas paràulas de issa, – ascurtade. Cudda fèmina, ei, Agnese, istat male. Dae custu mangianu istat male; est ruta; paret chi s'apat segadu carchi cosa in conca. Ddi calat sàmbene dae nasu.

– Ite dannu, Pàule! Perìgulu ddo'at?

Sa boghe, a s'iscuru, sonaiat pistighingiada e a su matessi tempus dubitosa. Issu sighiat, cun sa boghe assupende a sa moda de sa tzeraca: – Est istadu custu mangianu, a pustis de sa lìtera. Poscas, pro totu sa die fiat groga, sena de chèrrere mandigare; e custu sero su male dd'est torradu: tenet convulsiones.

Sentiat ca fiat esagerende e si fiat firmadu: sa mama fiat a sa muda. Pro un'iscuta ddo'aiat àpidu in cuddu iscuru, in cuddu mudore, unu mistèriu de morte: comente de duos inimigos chi si fiant chirchende in sa tumba sena de renèssere a s'agatare. Poscas s'istula de sa banita aiat torra tzacarradu: sa mama si depiat èssere sètzida in su letu, ca sa boghe crara pariat calende dae subra.

– Pàule, chie ti dd'at contadu totu custu? Mancari no est beru.

E issu aiat intèndidu galu una borta chi issa fiat comente sa cussèntzia sua chi faeddaiat. Aiat rispostu luego però:

– Ma mancari est beru. E no est custu, ma'. Est ca timo chi fatzat carchi machine. Est sola, in manos de tzeracas. Tocat a dda bìdere.

– Pàule!

– Tocat – aiat repìtidu, agiumai aboghinende: ma cheriat cumbìnchere prus a issu etotu chi no a issa.

– Pàule, as promìtidu.

– Apo promìtidu; e pròpiu pro custu so bènnidu a bos avisare. Bos repito chi tocat chi ande: sa cussèntzia mi òbligat.

– Nara una cosa, Pàule. Seguru ses chi as bidu a sa tzeraca? Sa tentatzione podet trampare malamente. Su dimòniu si fùrriat in tantas formas.

Issu non cumprendiat bene.

– Bois creides chi so narende fàulas? Dd'apo bida a sa tzeraca.

– Ascu', deo puru notesta apo bidu a su pàrracu betzu. Como pagora puru m'est partu de intèndere sos passos suos. Notesta, – aiat sighidu a bellu – s'est sètzidu acanta mea, in dae in antis de sa tziminera. Ti naro chi dd'apo pròpiu bidu. Fiat cun sa barba sena de fàghere, e pagas dentes nieddas in buca, guastas dae su tropu pipare. E sas mìgias istampadas. E m'at naradu: «So biu e so inoghe; e a presse nch'apo a bogare a tie e a figiu tuo dae custu logu». E m'at naradu chi t'aia dèpidu fàghere imparare s'arte de babbu tuo, si cheria a non rùere in pecadu. M'at postu trìulu in s'ànima, Pàule, tantu chi deo no isco si est bene o male su chi apo fatu. Ma so cumbinta chi fiat su dimòniu chi si m'est sètzidu acanta, notesta, s'ispìritu de su male. Sa tzeraca chi as bidu tue podiat èssere ateruna forma de sa tentatzione.

Issu risitaiat, a s'iscuru. Epuru bidiat galu sa figura fantàstica de sa tzeraca currende in su campu e mancari non cheriat sentiat comente un'ispètzia de terrore.

– Si tue andas a in ie, – aiat sighidu sa boghe de sa mama – seguru ses de non torrare a rùere? Finas si tue as bidu in realidade a sa tzeraca, e cudda fèmina istat male de a beru, seguru ses de non torrare a rùere?

Ma luego si fiat calliada. Ddi pariat de ddu bìdere, grogu in s'iscuru, e teniat piedade de issu. Pro ite ddi proibiat de torrare a sa fèmina? E si cudda moriat de a beru de dolore? Si issu etotu moriat de dolore? E fiat apensamentadu ca sentiat su matessi pistighìngiu chi aiat sentidu pro sa sorte de Antiogu.

– Deus meu – aiat suspiradu: e si fiat ammentada de s'èssere giai afidada a Deus. Issu ebbia podet risòlvere sos problemas nostros. Su coro dd'aiat tochidadu de sullèviu, comente chi esseret issa etotu risoltu su problema suo. E no ddu risolviat, apuntu, afidende·si a Deus?

Si fiat torrada a abbandonare in su letu, ma sena de s'istèrrere: e sa boghe sua fiat torra a livellu de sa de su fìgiu: – Si sa cussèntzia t'obligaiat a andare, pro ite non ses andadu luego, sena de bènnere inoghe?

– Ca aia promìtidu. E bois fiais minetzende de bos nch'andare si deo torraia a cudda domo. Apo giuradu... – aiat naradu tristu.

E fiat acanta de aboghinare: "Mama, custringhide·mi a mantènnere su giuramentu".

Ma no aia pòdidu. De su restu issa puru naraiat: «E issara bae. Faghe su chi t'òbligat sa cussèntzia».

– Non bos inchieteis – aiat naradu issara, acostende rasente a su letu: e fiat abarradu carchi iscuta firmu firmu; e totu fiat torra mudore.

Teniat s'impressione confusa de èssere comente in dae in antis de un'altare, cun sa mama in ie a subra, ìdolu misteriosu; e s'ammentaia chi cando fiat pitzinnu, in Seminàriu, ddu custringhiant, a pustis de sa cunfessione, a ddi basare sa manu. Su matessi disgustu e sa matessi esaltatzione de issara dd'animaiant; sentiat chi si fiat istadu solu, sena de issa, fiat giai torradu a in ue Agnese, istracu de totu cudda die de fua e de luta; sa mama ddu frenaiat, e issu no ischiat si èssere agradèssidu o nono.

– Non bos inchieteis! – Ma in tantu disigiaiat e timiat chi issa esseret faeddadu galu, o esseret allutu sa lughe pro ddu bìdere bene in sos ogros e leghende·ddi totu su pensamentu suo dd'esseret impostu a no andare.

Issa fiat abarrada firma, muda; a coa sa banita aiat torra tzacarradu: si fiat istèrrida.

E issu fiat andadu.

Pensaiat chi, a sa fine, non fiat unu vile: andaiat, non sena de cunsideru, no ispintu dae sa passione, ma ca in sa cussèntzia sua sentiat ca ddoe fiat forsis unu perìgulu de iscampare, e sa responsabilidade de custu perìgulu fiat sa sua.

Torraiat a bìdere in su nieddore de prata de s'erba de su campu sa pantasma de sa tzeraca chi si furriaiat a dd'abbaidare cun sos ogros lughende e ddi naraiat: «Sa merighedda at a pònnere ànimos si vostè benit».

E totu sa die sua de fua ddi pariat ridìcula e vile: su dovere suo fiat cuddu, de andare a in ue issa, de ddi pònnere ànimos: s'intendiat lèbiu, agiumai cuntentu, atraessende su campu friscu, coloradu de prata dae sa luna; ddi pariat de èssere unu calacasu mannu noturnu atiradu dae una lughe. E iscambiaiat custa allegria manna sua de torrare a bìdere intre pagas iscutas a Agnese cun s'allegria manna de su dovere de andare a dda sarvare.

Totu sa dultzura de s'erba de su campu, totu sa ternura de su crarore de sa luna dd'infundiant s'ànima, si dd'imbianchiant, si dd'ammuntaiant de lentore, a traessu de sa bestimenta niedda sua de morte.

Agnese, merighedda! Ei, fiat pitica, dèbile che una pipia; fiat sola, sena de babbu, sena de mama, in su labirintu de pedras de cudda domo sua oscura.

E issu aiat aprofitadu de issa, dd'aiat aferrada in su pùngiu che unu pugioneddu dae su nidu, istringhende·dda finas a ddi essire su sàmbene biu dae su corpus.

Aiat illestridu su passu. Nono, non fiat vile; epuru aiat trabuca-du, in sa prima iscalina a suta de sa ghenna. E aiat tentu s'impres-sione chi sa pedra etotu de su liminàrgiu de issa ddu respinghiat: a coa fiat pigadu; fiat pigadu a bellu a bellu, aiat artziadu sa chirca frita, dd'aiat lassada rùere aizu.

E si fiat intèndidu belle umiliadu ca istentaiant a abèrrere; ma pro nudda a su mundu diat àere pichiadu una segunda borta.

A sa fine sa lunighedda a bidros a subra de sa ghenna si fiat il-luminada, e sa tzeraca niedda fiat bènnida a abèrrere, faghende·ddu intrare luego a s'istàntzia chi connoschiat bene. Fiat totu che a sas àtera notes, cando Agnese ddu faghiat intrare a fura dae s'ortu; e sa ghenna de s'ortu fiat iscaranzada e dae su filu de s'abertura intraiat su fragu de sas molas infustas de luna.

Sas concas imbalsamadas de sos cherbos e de sos crabolos, in sos muros illuminados dae su crarore firmu de sa làmpada, pariant incaradas a oretare, cun sos ogros nieddos de bidru lughende, su chi capitaiat in s'istàntzia: de insòlitu ddoe fiat sa ghenna a chirru de sas istàntzias de intro aberta in campu; sa tzeraca fiat andada in ie a intro, e s'intendiat su tauladu tzacarrende a su passu suo: poscas fiat mudore; poscas de repente una ghenna aiat iscutu cun violèntzia, comente ispinta dae una bentuliada: a s'atumbu sos pavimentos aiant undadu, totu sa domo pariat tremende·si; e issu aiat intèndidu unu sensu de angùstia bidende luego sa cara groga de Agnese rigada de tiras de pilos nieddos ischirritzados, essende a pìgiu dae s'umbra de sas istàntzias iscuras comente sa de una nàufraga.

Ma luego totu sa persone pitica de issa fiat in sa lughe de s'istàntzia e issu aiat respiradu de sullèviu.

Issa aiat serradu sa ghenna a segus suo e si ddoe fiat arrambada cun sas palas, a conca bassa; e pariat chi depiat fugire in su pavimentu e rùere.

Issu ddi fiat in dae in antis, in puntas de pee: aiat istendiadu sas manos ma non si fiat atrividu a dda tocare.

– Comente istat? – aiat pregontadu, a bellu, comente in sos atopos passados. – Agnese, – aiat agiuntu a pustis de un'iscuta de mudore angustiosu, ca issa non torraiat paràula, ma si tremiat totu, ponende sas manos in segus in sa ghenna pro si poderare, – tocat a èssere fortes.

Ma, comente cando aiat lèghidu su Vangelu a subra de sa pitzinna indimoniada, aiat intèndidu su sonu farsu de sas paràulas suas; e aiat abbassadu sos ogros, mentras issa artziaiat sos suos, galu confusionados epuru lughentes de disgustu e de gosu.

– Pro ite est bènnidu, issara?

– M'ant naradu ca istaiat male.

Issa si fiat adderetzada, fiera, s'aiat leadu cun sas manos su velu de sos pilos dae cara.

– Deo isto bene, e no apo mandadu a nemos a ddu mutire.

– Dd'isco. E deo so bènnidu etotu: non ddo'aiat motivu pro non bènnere. E so cuntentu chi sa tzeraca apat esageradu e chi vostè istet bene.

– Nono, – issa insistiat, mentras issu faeddaiat, – deo no apo mandadu a ddu mutire e vostè non depiat bènnere. Ma giai chi est inoghe... giai chi est inoghe, ddi chèrgio pregontare pro ite at fatu de gasi. Pro ite? Pro ite?

Tzùnchios acutos ddi truncaiant su faeddu: si fiat torrada a indùrghere, cun sas manos chi chircaiant in ue si poderare: e issu aiat tìmidu, si fiat pentidu de èssere bènnidu. Dd'aiat agantzada a sa manu e dd'aiat leada a su divanu, in ue si setziant sos àteros seros: dd'aiat fata sètzere in s'oru in ue su pesu de sas àteras fèminas de sa famìllia de issa aiant iscavadu un'ispètzia de nitzu; e si ddi fiat sètzidu a costàgiu, ma dd'aiat lassadu sa manu.

Timiat a dda tocare: ddi pariat un'istàtua chi issu aiat segadu e torradu a acontzare e fiat in ie in aparèntzia intrea galu ma pronta a torrare a nde rùere a pìculos a su mìnimu tocu. Pro custu timiat a dda tocare; pensaiat: "Mègius de gasi, so sarvu", ma a sa fine sentiat chi dae unu momentu a s'àteru si podiat pèrdere galu e chi fiat pro custu chi timiat a dda tocare.

Abbaidende·dda bene, a suta de sa lughe direta de sa làmpada, dda bidiat diferente meda dae su sòlitu: sa buca si fiat isfata e sa pedde de sas lavras, de unu colore de rosa chinisatzu, ammentaiat sas rosas allivinidas: s'ovale de sa cara si fiat illonghiadu, sos ossos de sa barra essiant a suta de sos incàssios de sos ogros biaitos. In una die ebbia su dolore dd'aiat imbetzada de binti annos; ma ddo'aiat galu carchi cosa de pitzinna in sa buca chi tremiat a subra de sas dentes siddidas aguantende pro non prànghere, e in sas manos piticas chi una, abbandonada dolente in s'istofa oscura de su divanu, atiraiat sa de issu. E issu fiat ferenadu pro no dda pòdere torrare a leare, sa manu pitica e trista, e de torrare a acapiare luego sa cadena segada de sas vidas issoro.

Ammentaiat sas paràulas de s'indimoniadu a Deus: «Ite ddo'at intre nois?».

E aiat torradu a faeddare istringhende·si sas manos a pare comente a no ddis lassare leare sas de issa; ma sighiat a intèndere su sonu farsu de sas paràulas suas, e comente cuddu mangianu in crèsia e leghende su Vangelu e dende sa comunione a su cassadore betzu, ischiat chi fiat narende fàulas.

– Agnese, ascurtet. Eris sero fiamus in s'oru de s'abissu: Deus nos aiat abbandonados a nois etotu, e nois nos lassaìamus andare a bassu in su borrocu. Ma como Deus nos at torradu a agantzare sa manu e nos ghiat. Tocat a abarrare in artu, Agnese. Agnese, – aiat repìtidu pronuntziende cun intensidade cuddu nùmene – tue crees chi deo non so sufrende? Mi paret de èssere interradu biu, e chi su suplìtziu meu depat durare totu s'eternidade: ma tocat chi siat de gasi; pro su bene tuo, pro sa sarvesa tua. Ascurta, Agnese; faghe·ti fortza. Pro su matessi amore chi nos at unidu, pro su matessi bene chi Deus nos faghet provende·nos in custu modu. Tue m'as a ismentigare, tue as a sanare: ses de gasi giòvana; tenes galu totu sa vida in dae in antis; t'at a pàrrere, ammentende·ti de me, de àere fatu unu bisu malu; de t'èssere pèrdida in sa badde e de àere agatadu un'èssere malu chi at chircadu de ti fàghere male: ma Deus t'at sarvadu, ca meritaias de èssere sarvada. Como ti paret totu nieddu, ma in pagu tempus, as a bìdere, at a torrare totu craru, e as a intèndere cantu bene ti fatzo, como, causende·ti unu pagu de dolore in su momentu, comente si faghet cun sos malàidos chi tocat a èssere crudeles...

No aiat sighidu, ca si fiat totu atzutzuddidu. Agnese si fiat torra animada; si fiat artziada chìdrina in s'oru suo e ddu fissaiat cun sos ogros unu pagu fissos che a sos de sos crabolos in sos muros. E issu ammentaiat sos ogros de sas fèminas in crèsia cando faghiat sa prèiga.

Agnese pariat chi fiat isetende chi issu esseret sighidu; e ddo'a-iat passèntzia e masedesa in su cumportamentu suo, ma prontas a isparire a su mìnimu atumbu: difatis, giai chi issu non sighiat, issa aiat naradu a bellu, iscutulende sa conca faghende chi nono:
– Nono, nono, sa beridade no est custa.

E issu si fiat illonghiadu a chirru suo cun sa cara pistighingiada.
– Cale est duncas sa beridade?
– Pro ite non faeddaias de gasi eris sero? E sos àteros seros? Ca sa beridade issara fiat un'àtera. Como calicunu t'at iscobertu, forsis mama tua etotu, e tue ses timende su mundu. No est sa timòria de Deus chi t'ispinghet a mi lassare.

A issu ddi fiat bènnida gana de aboghinare, de dd'iscùdere: dd'aiat aferradu sa manu e dd'aiat tòrchidu unu pagu su burtzu fine: de gasi diat àere chertu tòrchere e truncare sas paràulas de issa. A coa si fiat frantu esi nde fiat achidadu.

– Mancari! E ti paret nudda? Ei, mama s'est abbigiada de totu, e m'at faeddadu comente sa cussèntzia mea etotu. E tue? E tue de cussèntzia non nde tenes? Ti paret giustu chi nois depimus fàghere male a chie bivet de nois ebbia? Tue cherias a nos nche fuire, a bìvere paris; e fiat giustu, custu, si non podìamus rinuntziare a nos amare; ma sigomente esistint creaturas chi sa fua nostra e su pecadu nostru diant distrùere, tocat a si sacrificare pro issos.

Ma issa pariat chi ascurtaiat carchi paràula ebbia de issu; e sighiat a fàghere chi nono cun sa conca.

– Cussèntzia? Tzertu, nde tèngio deo puru: non so prus una pipia; e sa cussèntzia mea mi narat chi apo fatu male a ti pònnere mente, a t'acollire inoghe. Ma como comente faghimus? Como est tropu tardu. Pro ite Deus non m'at illuminadu in antis? So bènnida forsis deo, a domo tua? Ses bènnidu tue, a sa mea, e m'as leadu che una pipia a su giogu. E como, comente depo fàghere? Nara tue comente depo fàghere. Deo non ti potzo ismentigare, non mi potzo cambiare comente ti càmbias tue. Deo mi nche chèrgio andare su matessi, finas si non benis tue; chèrgio chircare de t'ismentigare. Mi nche chèrgio andare... si nono...

– Si nono?

Agnese no aiat rispostu; si fiat allomurada in s'oru suo e si fiat atzutzuddida. Carchi cosa de tenebrosu, s'ala niedda de su machine, dda diat dèpere àere isfiorada, ca sos ogros si ddi fiant velados, e cun sa manu aiat fatu unu gestu istintivu, comente pro catzare in dae in antis suo un'umbra: e issu si fiat torradu a indùrghere a chirru de issa belle a mautzis in su divanu, e aiat istratzadu sos filos de s'istofa betza cun s'impressione de farrancare unu muru chi si ddi pesaiat in dae in antis e dd'afogaiat.

Non podiat prus faeddare. Ei, teniat resone issa: sa beridade non fiat sa chi issu chircaiat de ddi fàghere a cumprèndere, sa beridade fiat cuddu muru chi dd'afogaiat e chi issu no ischiat imbolare. Si nde siat assustadu, leadu dae unu sensu reale de afogu.

Como fiat istada issa a dd'aferrare sa manu e dd'istrìnghere sos pòddighes cun sos suos fatos gantzos.

– Deus, – aiat murmutadu, mentras cun s'àtera manu s'ammuntaiat sos ogros, – Deus, si esistit, non depiat permìtere a nos atopare, si fiat pro nos istesiare de pare. E si tue ses torradu, custu sero, est ca mi cheres semper bene. Tue crees chi deo no dd'isco? Dd'isco, dd'isco. Sa beridade est custa.

E aiat artziadu sa cara a chirru de issu, cun sa buca tremende, sas pibiristas, intre pòddighe e pòddighe, chi s'iscudiant imperladas de làgrimas. Issu aiat bidu comente una trèmula de abba profunda, chi illuinaiat e atiraiat, in cudda cara chi non fiat prus sa cara de una fèmina, nen sa de Agnese, ma sa cara de s'amore etotu: e ddi fiat torradu a rùere acanta e dd'aiat basada in buca.

E ddi fiat partu de a beru de rùere a bellu, tragiadu dae unu molinete in una profundidade lìcuida lughende, in unu logu sutamarinu de milli colores de incantu.

A pustis fiat torradu a pìgiu, istachende·si dae sa buca de issa, e si fiat agatadu comente su nàufragu in s'arena: arrèndidu, prenu de terrore e de gosu, ma prus terrore chi non gosu.

E sa maia chi ddi fiat parta truncada pro semper, e apuntu pro custu prus bella, fiat torrada a cumintzu.

Aiat intèndidu torra su sùlidu de sa boghe de issa.

– A dd'ischis, a dd'ischis, deo dd'ischia chi dias torrare…

No aiat chertu intèndere àteru, comente in sa domo de Antiogu, cando faeddaiat sa tzeraca: dd'aiat postu una manu in buca, mentras issa ddi poniat sa conca in palas, e a coa dd'aiat carignadu lenu sos pilos chi su riflessu de sa làmpada indoraiat; de gasi pitica, de gasi abbandonada a subra sua, issa duncas teniat sa potèntzia terrìbile de ddu trasinare in fundu a su mare, de dd'artziare in s'abissu de su chelu, de fàghere de issu un'èssere sena de volontade. Mentras issu fuiat peri sa badde e sa campeda, issa, serrada in sa presone sua, dd'isetaiat e ischiat chi diat torrare.

– A dd'ischis, a dd'ischis…

Issa chircaiat de faeddare galu; su sùlidu de sa buca sua ddi curriat a inghìriu de su tzugru che a una soga. Issu dd'aiat torradu a pònnere sa manu in buca e issa cun sa sua si nche dd'aiat incarcada a forte. Fiant abarrados de gasi, a sa muda, isetende: poscas issu fiat torradu in èssere, aiat chircadu de torrare mere de sa sorte sua. Ei, fiat torradu, ma non prus comente issa dd'isetaiat. E sighiat a dd'abbaidare sos pilos indorados, ma comente una cosa a tesu, comente sa trèmula lughente de su mare chi fiat iscampadu.

– Como ses cuntenta, – aiat murmutadu – so inoghe, so torradu e so tuo pro sa vida. Ma tue depes èssere calma; m'as fatu leare un'assustu. Non ti depes agitare, non depes pro nudda truncare sa lìnia de sa vida tua. Deo non t'apo a dare prus perunu dolore, ma tue mi depes promìtere de èssere calma, bona, comente ses como.

Aiat intèndidu sas manos de issa tremende, agitende·si in sas suas: aiat cumprèndidu chi issa fiat cumintzende giai a si rebellare; si ddas aiat istrintas a forte; de gasi ddi diat àere chertu mantènnere presonera s'ànima.

— A bona, Agnese! Ascurta: tue no as a ischire mai su chi apo sufertu deo, oe; ma fiat netzessàriu. Mi nd'apo leadu dae subra tanta còrgia impura, mi so iscorgioladu a sàmbene; como so inoghe, tuo, ei, comente Deus cheret chi deo siat tuo, totu ànima.

— Bides, — aiat sighidu a bellu, cun isfortzu, comente iscavende sas paràulas dae su prus profundu internu suo e aporrende·si·ddas, — tèngio s'impressione chi nos semus amados dae annos e annos; chi totu amus godidu e sufertu s'unu pro s'àteru, finas a s'òdiu, finas a sa morte. E totu sas temporadas de su mare, totu s'avolotu de sa vida sua est a intro nostru. Nos pistamus e torramus a pistare e semus semper a intro nostru. Agnese, ànima mea, ite cheres dae me prus de su chi ti potzo dare: s'ànima mea?

Totu in unu si fiat calliadu. Aiat intèndidu chi issa non cumprendiat. Non podiat cumprèndere. E dda bidiat semper prus istesiada dae issu, comente sa vida dae sa morte: ma apuntu pro custu intendiat de dd'amare galu, antis semper de prus, comente a chie est morende amat sa vida.

A bellu issa aiat artziadu sa conca, e aiat chircadu cun sos ogros torra prenos de inimigàntzia sos ogros de issu.

— Tue puru ascurta·mi, — aiat naradu — non mi trampes prus. Nos nche depimus o nono andare, comente amus cuncordadu eris note? De gasi non si podet bìvere, inoghe, in custu modu. Dd'isco.

— Dd'isco! — aiat sighidu, artariende·si, a pustis de un'iscurta de mudore penosu. — Si ddo'at de bìvere paris partamus luego, notesta etotu. Tèngio su dinari, dd'ischis: ddu tèngio, est su meu. E mama tua, e frades meos, e totus nos ant a iscusare, a pustis, cando ant a bìdere chi nois amus chertu bìvere in sa beridade. De gasi nono, tzertu, de gasi non si podet bìvere prus.

— Agnese!

– Risponde·mi luego; fortza, lassa istare sas àteras paràulas.

– Deo non mi nche potzo fuire cun tegus.

– Ah, e issara pro ite ses torradu? Lassa·mi, bae·ti·nche. Lassa·mi!

Issu no dda lassaiat. Dd'intendiat tremende·si totu; dda timiat; e sigomente dd'aiat bida indurghende·si in sas manos unidas issoro aiat tentu s'impressione chi ddu cheriat mossigare.

– Bae·ti·nche, bae·ti·nche, – issa insistiat – non so deo chi t'apo mandadu a mutire. Giai chi tocat a èssere fortes, pro ite ses torradu? Pro ite m'as torra basadu? Ah, si tue crees de ti nde pòdere fàghere sa befe de me ti faddis; si tue crees de pòdere bènnere inoghe a de note, e a de die de m'iscrìere lìteras umiliantes, ti faddis. Comente ses torradu notesta, as a torrare cras note e a coa ogna note galu. E as a finire pro mi fàghere ammachiare. Ma deo non chèrgio, nono, non chèrgio!

– Tocat a èssere puros e fortes, naras tue, – aiat sighidu, mentras sa cara imbetzada e tràgica si dd'imbianchiat a morte, – ma ddu naras como ebbia. Mi faghes orrore. Bae·ti·nche a tesu, notesta etotu. Chi deo cras mi nd'ischidet e non tèngiat prus su terrore de t'isetare e de èssere umiliada de gosi.

– Deus, Deus! – aiat tzunchiadu issu, indurghende·si a subra sua. Ma issa ddu respinghiat, oramai.

– Ite ti crees, de faeddare cun una pipia? So betza; m'as fatu imbetzare tue, in pagas oras. Sa lìnia dereta de sa vida! Ah, diat èssere sa de sighire sa mala trassa de gasi, a cua, beru? De m'agatare unu maridu, deo; de mi fàghere cojuare dae te... e sighire a nos bìdere, e trampare a totus pro totu sa vida? Bae, bae, tue non mi connosches, si crees custu. Tue eris note naraias: «Ei, andemus·nos·nche; deo apo a traballare, amus a èssere maridu e mugere». As naradu custu? Dd'as naradu? E custu note imbetzes benis a mi faeddare de Deus e de sacrifìtziu. E issara chi finat. Lassemus·nos; ma tue, repito, ti nche depes andare dae bidda custu note etotu. Non ti chèrgio torrare a bìdere mai prus. Si tue cras mangianu torras a nàrrere missa in crèsia nostra deo bèngio, e dae s'altare naro a sa gente: custu est su santu bostru, chi a de die faghet miràculos e a de note andat a domo de sas pitzocas solas pro ddas ingannare.

Issu aiat chircadu de ddi tuponare galu sa buca cun sa manu: e sigomente issa sighiat a repìtere a forte: «bae·ti·nche, bae·ti·nche», dd'aiat aferradu sa conca, si dd'aiat istrinta a petorras, aiat abbaidadu timerosu a chirru de sas ghennas serradas. Ammentaiat sas paràulas de sa mama, sa boghe chi sonaiat misteriosa in s'iscuru: «Su pàrracu betzu s'est sètzidu acanta mea e at naradu: nch'apo a bogare luego a tie e a figiu tuo dae custu logu».

– Agnese, Agnese, tue ses isbarionende – dd'aiat tzunchiadu in tzugru, mentras issa s'iscutulaiat pro ddi fuire. – Calma·ti, ascurta·mi; nudda est pèrdidu. No intendes comente ti amo? Milli bortas prus de in antis. E non mi nch'apo a andare, nono. Ti chèrgio abarrare acanta pro ti sarvare: pro t'ofèrrere s'ànima mea comente dd'apo a ofèrrere a Deus in s'ora de sa morte. Ite nd'ischis tue de su chi apo sufertu dae eris note a custa ora? Fuia e ti leaia cun megus: fuia che a unu chi tenet su fogu a subra e currende creet de si nde liberare mentras sa fràmula dd'imbòligat de prus. In ue non so istadu, oe? Ite no apo fatu oe pro non torrare inoghe? Imbetzes, alla, inoghe so; so inoghe, Agnese, comente potzo no èssere inoghe? M'intendes? Deo non ti traigo, non t'ismèntigo! Non ti chèrgio ismentigare. Ma tocat a abarrare puros, Agnese; tocat a ddu regòllere pro s'eternidade s'amore nostru, a ddu confùndere cun sas cosas mègius de sa vida, cun su dolore, cun sa rinùntzia, cun sa morte etotu, est a nàrrere cun Deus. Ddas cumprendes custas cosas, Agnese? Eja, ca ddas cumprendes, eja: nara·mi·ddu.

Issa ddu respinghiat: pariat chi ddi cheriat isfundare su petus cun sa conca; bassu chi fiat renèssida a si nd'isboligare e si fiat torrada a adderetzare in su dossu, tètera, cun sos pilos bellos de rasu imboligados che nastros a inghìriu de sa cara chìdrina.

Sa buca serrada, sos covacos de s'ogru abbassados, pariat chi si fiat dormida de repente de unu sonnu austeru prenu de unu bisu de vindita. E issu aiat tìmidu de prus bidende·dda muda e firma chi no avolotada e narende issollòrios.

Dd'aiat torradu a leare sas manos, si ddas aiat istrintas in sas suas: ma fiant, totus bator, manos oramai mortas a su gosu, a s'istrinta de amore.

– Agnese, a ddu bides ca mi pones mente? Ses bona tue; como bae a ti pausare, e cras at a torrare a cumintzu pro totus una vida noa. Nos amus a bìdere su pròpiu, semper si cheres: t'apo a èssere amigu, frade: nos amus a sustènnere a pare. Sa vida mea est tua: dispone de me comente tue cheres. Finas a s'ora de sa morte apo a èssere cun tegus, e prus in ie galu, pro s'eternidade.

Cuddu tonu de preghiera dd'aiat fata torra arterare. Aiat tòrchidu unu pagu sas manos in sas de issu, aiat mòvidu sas lavras pro faeddare, a coa, comente issu dd'aiat lassada lìbera, aiat regortu sas manos in coa, aiat pinnigadu sa conca: e totu fiat dolore, ma oramai dolore firmu, disisperadu, in cara sua.

Issu non sessaiat de dd'abbaidare, comente s'abbàidat a unu moribundu: e sa timòria sua creschiat: como fiat in pees suos, dd'aiat postu sa fronte in coa, dd'aiat basadu sas manos; no dd'importaiat prus chi ddu podiant bìdere, chi ddu podiant intèndere: fiat in ie, in pees de sa fèmina e de su dolore de issa comente Deus iscravadu in coa de sa Mama.

Ddi pariat chi non si fiat intèndidu mai de gosi puru, de gosi mortu a sa vida terrena: ma però fiat timende.

Agnese abarraiat firma firma cun sas manos fritas, insensìbile a cuddos basos de morte: issu si nde fiat pesadu e aiat cumintzadu torra e nàrrere fàulas.

– Ti torro gràtzias, Agnese. De gasi andat bene, de gasi so cuntentu. Sa prova est superada. Como pone ànimos, trancuilla. Como ando. Cras mangianu, – aiat agiuntu a bellu, indurghende·si birgongiosu, – as a bènnere a missa e amus a ofèrrere paris su sacrifìtziu nostru a Deus.

Issa aiat torradu a abèrrere sos ogros, dd'aiat abbaidadu, ddos aiat torrados a serrare: pariat ferta a morte, e chi sos ogros suos s'esserent abertos in campu un'ùrtima borta, suplichende e minetzosos, in antis de si serrare pro semper.

– Tue custu note ti nch'as a andare a tesu, chi deo non ti bida prus – aiat naradu marchende ogna sìllaba; e issu aiat pensadu chi, nessi pro issara, fiat inùtile a gherrare contra a cudda fortza tzurpa.

– Deo non mi che potzo andare de gasi – aiat murmuta-
du. – Cras mangianu apo a nàrrere Missa, e tue as a bènnere a
dd'ascurtare: a coa, si at a èssere netzessàriu, mi nch'apo a andare.

– Deo apo a bènnere, cras mangianu, e apo a iscandulire totu
a sa gente.

– Si tue as a fàghere custu est signale chi Deus ddu cheret.
Ma tue no dd'as a fàghere, Agnese. Tue mi podes odiare, ma deo
ti lasso in paghe. Adiosu.

Ma non si nch'andaiat. Tèteru, dd'abbaidaiat dae s'artu; e sos
pilos de issa, moddes, lughende finas in s'umbra, sos pilos dultzes
chi issu amaiat e chi tantas bortas aiant atiradu sas parmas de sas
manos suas, ddi faghiant piedade: ddi pariant sa fasca niedda chi
fascant sas fertas in conca.

Dd'aiat mutida un'ùrtima borta: – Agnese?

– Est possìbile chi nos lassemus de gasi? – aiat agiuntu. –
Dae·mi sa manu, pesa: aberi·mi sa ghenna.

Issa si nde fiat pesada e pariat chi fiat ponende mente; ma no
dd'aiat aporridu sa manu, e fiat andada dereta a sa ghenna dae in
ue fiat intrada.

In ie si fiat firmada, isetende.

"Ite potzo fàghere?" s'aiat pregontadu a issu ebbia. E ischiat
bene chi ddo'aiat unu mèdiu ebbia pro dd'asseliare: torrare a rùere
in pees suos, pecare e si pèrdere cun issa.

E issu non cheriat, non cheriat prus. Fiat abarradu firmu in
ue fiat e aiat abbassadu sos ogros, pro fuire a sa mirada de issa;
cando ddos aiat torra artziados, issa non ddoe fiat prus: iscumparta,
ingurta das s'iscuru de sa domo sua muda.

Dae s'artu de sos muros sos ogros de bidru de sos cherbos e
de sos crabolos dd'abbaidaiant cun tristura ma finas cun befe. E in
cuddu momentu de isetu, solu in s'istàntzia manna malincònica,
issu aiat intèndidu totu sa misèria e s'umiliatzione sua; ddi pariat
de èssere unu ladrone, peus de unu ladrone, un'istràngiu chi furat
aprofitende de sa soledade de sa domo amiga.

E aiat abbassadu torra sos ogros pro si cuare finas dae sa mi-
rada de sas concas in su muru; ma no aiat istentadu mancu unu
momentu, e finas si s'iscràmiu de morte de sa fèmina esseret prenu

de orrore su mudore de sa domo, issu non si diat èssere pentidu prus de no dda chèrrere.

Aiat isetadu galu carchi minutu. Non si bidiat nemos. E ddi pariat de èssere in mesu de su mundu mortu de sos bisos e de sas faltas suos, isetende chi calicunu dd'esseret agiuadu a nd'essire. Non si bidiat nemos. Issara fiat andadu a sa ghenna de s'ortu, aiat atraessadu su camineddu muru·muru, a suta de s'umbra niedda de sa figu, e fiat essidu dae sa ghennighedda chi connoschiat bene.

Allò·ddu torra pighende·nche in s'iscalina iscura; ma su perìgulu fiat passadu o nessi sa timòria de su perìgulu. Epuru si fiat firmadu in dae in antis de sa ghenna de sa mama pensende chi fiat giustu a ddi riferire luego s'èsitu de su chistionu e sa minetza de Agnese: ma dd'aiat intèndida sorroschiende pro sorroschiare e aiat sighidu. Fiat dormida, sa mama, ca oramai fiat segura de issu e dd'intendiat sarvu.

Sarvu! Si fiat abbaidadu a inghìriu, in s'aposentu suo, comente chi esseret torradu de a beru dae unu biàgiu disastrosu: totu fiat ordinadu e chietu, e issu aiat cumintzadu a s'ispogiare movende·si in puntas de pee, detzisu a non truncare prus cuddu assentu, cuddu mudore.

Sa bestimenta sua est apicada in cue, in s'atacapanni, prus niedda de s'umbra sua in su muru; in cue ddo'est su capeddu in pitzu a unu tzugru fine chi essit in dae in antis, e sas mànigas de sa tònaca modde chi si abbandonant in bassu istracas.

E totu cudda pantasma iscura e bòida, comente ispurpada e isambenada dae unu vampiru, ddi faghiat bènnere agiumai timòria; ddi pariat s'umbra de sa falta chi si fiat liberadu ma chi dd'isetaiat pro ddu torrare a acumpangiare sa die in fatu peri sas carreras de su mundu.

Un'iscuta; e si fiat abbigiadu cun terrore chi fiat torrende a rùere in su bisu malu. Non fiat sarvu galu: tocaiat a nche passare ateruna note, comente un'ùrtimu tretu de mare burrascosu.

Fiat istracu, sos covacos de s'ogru si ddi serraiant graes, ma un'angùstia indefinida no ddu lassaiat istrampare in su letu, e nemmancu sètzere, o si pausare in carchi modu.

E sighiat a andare peressi·peressi, istentende·si a fàghere cositeddas insòlitas, a abèrrere a bellu a bellu sos calàscios, a abbaidare ite ddo'aiat a intro.

Passende in dae in antis de s'ispigru si fiat abbaidadu. Si fiat bidu in colore de chinisu in cara, cun sas lavras biaitas e sos ogros infossados. – Abbàida·ti bene, Pàule – aiat naradu a s'immàgine sua, e si fiat frantu unu pagu pro chi su crarore de sa làmpada esseret fertu mègius in s'ispigru. Finas sa figura a intro si franghiat, pariat chi ddu cheriat fuire; e issu dda fissaiat, nde bidiat sas pipias de sos ogros ismanniadas e provaiat un'impressione istrana, ddi pariat chi su Pàule beru fiat cuddu, unu Pàule chi non naraiat fàulas, chi ammustraiant in su groghìmene de sa cara totu sa timòria de su cras.

"Pro ite imbetzes deo fingo a mie etotu una trancuillidade chi no intendo? Tocat a partire custu note etotu, comente cheret issa."

E fiat andadu, unu pagu prus calmu, a s'istrampare in su letu.

Issara, a ogros serrados, cun sa cara afundada in su cabidale; aiat crèidu de bìdere mègius a intro de sa cussèntzia sua.

"Ei, tocat a partire custu note matessi. Deus etotu imponet de iscansare sos iscàndalos. Est bene a ischidare a mama, a dd'avèrtere, mancari pro partire paris, chi issa mi torret a leare una segunda borta cun issa, comente a pipiu, e chi deo potza torrare a cumintzu una vida noa."

Ma intendiat chi totu custu fiat esaltatzione; chi non teniat su coràgiu de fàghere su chi pensaiat.

E pro ite, in prus? A sa fine fiat seguru chi Agnese, issa puru, non diat mantènnere sa minetza. Pro ite duncas si nche depiat andare? Mancu su perìgulu de torrare a in ue issa e de s'iscaminare cun issa ddu minetzaiat prus: oramai aiat superadu sa prova.

Ma s'esaltatzione ddu torraiat a leare.

"Epuru ti nche depes andare, Pàule; ischida·nde a mama tua e partide paris. No intendes chie est chi t'est faeddende? So deo, so Agnese. Tue crees de a beru chi deo no apo a mantènnere sa minetza? No dd'apo a mantènnere forsis, epuru ti naro su matessi a ti nch'andare. Tue crees de t'èssere istacadu dae me? E deo so a intro tuo, so su malu sèmene de sa vida tua. Si tue abarras inoghe non t'apo a abbandonare unu momentu; apo a èssere s'umbra a suta de pees tuos, su muru intre te e mama tua, intre te e tie etotu. Bae·ti·nche."

E issu chircaiat de dd'asseliare, pro asseliare sa cussèntzia sua.

"Mi nch'ando, ei, no intendes? Ando, andamus paris, tue a intro meu, prus bia de me: assèlia·ti, non mi turmentes prus; semus paris, biagiamus paris, trasportados dae su tempus a chirru de s'eternidade. Istesiados de pare e a tesu fiamus cando sos ogros nostros s'abbaidaiant e sas bucas nostras si basaiant: istesiados de pare e inimigos: como ebbia cumintzat s'unione nostra bera, in s'òdiu tuo, in sa passèntzia mea, in sa rinùntzia mea."

Poscas s'istrachidùmene aiat cumintzadu a ddu bìnchere. Intendiat unu tzùnchiu sighidu, lenu, foras de sa fenestra sua, comente de una columba in chirca de su cumpàngiu. E cuddu lamentu de dolore e de disìgiu ddi pariat su tzùnchiu etotu de sa note; note bianca de luna, ma de una biancura modde, annapada, cun su chelu totu pintirinadu de nuigheddas sìmiles a pumas: a coa si fiat abbigiadu chi fiat issu tzunchiende; ma su sonnu giai dd'asseliaiat: sa timòria, su dolore, sos ammentos, si nch'illargaiant. Ddi fiat partu de biagiare de a beru, a caddu, pighende in sa caminera de sa campeda: fiat totu chietu, craru; a traessu de sos àlinos mannos grogos s'allampiaiant iscampiadas ammuntadas de erba de unu birde tiernu chi pausaiat sa mirada; sas àbbiles, firmas a subra de sas rocas, fissaiant su sole.

Totu in unu su barratzellu ddi fiat acostadu; aiat saludadu e dd'aiat postu unu libru abertu in s'arcu de sa sedda.

E issu aiat torradu a lèghere s'epìstula de Santu Pàule a sos Corintos in su puntu pretzisu in ue dd'aiat lassada sa note in antis. «Deus connoschet sos pensamentos de sos sàbios e ischit ca non sunt vanos, etc.»

Sa domìniga sa missa fiat prus tardu de sas àteras dies, ma issu andaiat a crèsia chitzanu, pro cunfessare a sas fèminas chi a coa cheriant comunigare.

Sa mama, duncas, dd'aiat mutidu a s'ora de semper.

Issu fiat dormidu dae carchi ora, de unu sonnu grae, tzurpu. Si nde fiat ischidadu sena de s'ammentare nudda, ma cun unu disìgiu avolotadu de si torrare a dormire luego: sos corpos in sa ghenna sighiant, e issu si fiat ammentadu.

Si nde fiat pesadu luego, chìdrinu de timòria.

"Agnese at a bènnere a crèsia e at a iscandulire totu a sa gente."

No ischiat pro ite, durante su sonnu sa seguresa chi issa diat mantènnere sa minetza aiat postu raighinas a intro suo.

Si nche fiat istrampadu in sa cadrea, cun unu sensu de impotèntzia, cun sos ghenugros mortos. Una nèbida confusa dd'aiat veladu sa mente; pensaiat ca fiat galu in tempus a iscansare s'iscàndalu: si podiat ghetare a malàidu e non nàrrere sa missa; e in su mentras balangiare tempus e chircare de asseliare a Agnese; ma s'idea ebbia de torrare a cumintzu su dramma, de torrare a sa misèria de sa die in antis, creschiat s'angùstia sua.

Si nde fiat pesadu e ddi fiat partu de atumbare su chelu cun sa fronte, a traessu de sos bidros de sa fenestra.

Aiat iscutu sos pees in terra, pro si nde leare s'indormigadura chi ddi firmaiat su sàmbene; a coa si fiat bestidu, istringhende·si forte sa chintòrgia in chintzu e imboddiende·si bene in sa bestimenta comente aiat bidu a sos cassadores istringhende·si sa cartutziera e imbolighende·si bene in su gabbanu pro andare a su monte.

Cando a sa fine aiat abertu in campu sa fenestra e si fiat incaradu ddi fiat partu de torrare a abèrrere in fines sos ogros a sa lughe de sa die, a pustis de su bisu malu de su note; de èssere in fines essidu dae sa presone de issu etotu e de torrare a paghe cun sas cosas de foras; ma fiat una paghe fortzada, prena de òdiu cuadu; e fiat bastadu chi issu s'esseret frantu, passende dae s'àera frisca de foras a s'àera callente e nuscosa de s'aposentu suo, pro ddu torrare a aferrare s'angùstia, torrende·ddu a catzare a intro suo.

Issara fiat fuidu torra, pensende ite nàrrere a sa mama.

Intendiat sa boghe unu pagu isorrogada de issa boghende·nche sas puddas chi chircaiant de nch'intrare a sa sala de pràndere e su bolare peri su logu issoro lenu: e su fragu de su cafè buddidu e de s'erba frisca in foras.

In su guturinu a suta de sa costera tremiat unu dringhilliare de crabas andende a pàschere; e pariat un'eco infantile de su repicu monòtonu epuru allegru chi Antiogu dae su campanile cumbidaiat sa gente a si nd'ischidare e a andare a missa.

Fiat totu trancuillu, tiernu, carignadu dae su crarore rosadu de s'arbèschida. Issu aiat ammentadu su bisu suo.

Nudda dd'istorbaiat de essire, de andare a crèsia e torrare a cumintzu sa vida sua. Epuru allò·ddu torra timende: timende de andare a in antis, de torrare in segus: ddi pariat de èssere, in sa pedra de su liminàrgiu, comente in pitzu de unu monte: prus a in artu non podiat andare, prus in bassu s'aberiat in campu s'abissu. Momentu inenarràbile, chi issu aiat sentidu su coro tronende·ddi a intro e aiat tentu s'impressione fìsica de èssere de a beru incaradu a unu trèmene chi in fundu s'iscudiat, in su molinete isprumende de una fruminada, una roda chi moliaiat de gasi, pro nudda, isfortzende·si ebbia de pistare s'abba chi sighiat a cùrrere.

Fiat su coro suo chi giraiat de gasi, de badas, in su molinete de sa vida. Aiat serradu sa ghenna, fiat torradu in segus e si fiat sètzidu in s'iscalina, che a sa mama sa note in antis: rinuntziaiat a risòlvere su problema suo, ma isetaiat chi calicunu esseret bènnidu a dd'agiuare.

Fiat istada sa mama chi dd'aiat agatadu de gasi: bidende·dda si nde fiat pesadu giai postu ànimos, ma giai finas avilidu in fundu a sa cussèntzia, tantu fiat seguru de su cussìgiu de issa de sighire in su caminu seberadu.

Epuru a printzìpiu aiat bidu sa cara grussa de issa isbianchende, agiumai afinighende·si in s'angùstia.

– Pàule! Pro ite fias de gasi? T'intendes male?

– Ma' – aiat naradu, aviende·si a sa ghenna, sena de si furriare, – non bos apo chertu ischidare, notesta. Fiat tardu. A sa fine ddoe so andadu. Ddoe so andadu.

Sa mama dd'abbaidaiat, giai torra bene cumposta in cara. In su mudore curtzu chi fiat sighidu a sas paràulas de issu si fiat intèndida sa campana sonende prus lesta e insistende, comente a subra de sa domo.

– Issa istat bene; però est iscuntzertada e pretendet chi deo lasse luego sa bidda; si nono minetzat de bènnere a crèsia e de fàghere un'iscàndalu denuntziende·mi in dae in antis de sa gente.

Sa mama calliaiat, ma issu si dd'intendiat in palas, firma e forte, chi ddu poderaiat, comente cando aiat cumintzadu a caminare.

– Cheriat a partire notesta etotu... E... at naradu ca si nono diat bènnere custu mangianu a crèsia... Deo no dda timo; de su restu creo chi no at a bènnere.

Aiat torradu a abèrrere sa ghenna: una retza de crarore de prata aiat trèmidu in s'intrada in colore de chinisu, pariat chi piscaiat a issu e a sa mama e ddos bogaiat foras a sa lughe.

Issu si fiat aviadu a sa crèsia sena de si furriare; sa mama fiat abarrada in dae in antis de sa ghenna abbaidende·ddu illarghende·si.

No aiat mancu tuntziadu, ma una trèmida leve chircaiat torra de dd'iscumpònnere su bruncu. De repente fiat pigada a s'aposenteddu suo e si fiat bestida in presse pro andare issa puru a crèsia: e issa puru s'istringhiat in chintzos e caminaiat in presse; in antis de s'aviare no aiat ismentigadu de nche bogare sas puddas, de tirare in segus in su fogu sa cafetera, de serrare sas ghennas; in fines s'aiat acapiadu bene in su bruncu e in buca s'oru de s'isciallu ca sa trèmula, mancari issa s'isfortzaiat de dda firmare, no ddi fiat passada.

E de gasi aiat saludadu cun sos ogros a sas fèminas chi pigaiant dae sa biddighedda e a sos betzos giai firmos in dae in antis de su parapetus de sa pratza, cun sas puntas de sos cuguddos nieddos deretos in su chelu in colore de rosa de s'orizonte.

Issu in s'ìnteri fiat giai intradu a crèsia.

Calicuna penitente coidadosa fiat giai isetende, fiant ammuntonadas a inghìriu de su cunfessionale, antis, sa prima fiat giai in s'inghenugradòrgiu mentras sas àteras fiant isetende su turnu issoro.

Finas carchi pitzocu chitzulanu fiat totu a inghìriu de Nina Masia inghenugrada in terra a suta de s'abbasantera, chi pariat chi dda fiat poderende cun sa conchighedda diabòlica: e su preìderu aiat atumbadu a issos, caminende pensamentosu, inchietende·si luego cando aiat connotu sa pitzochedda, chi sa mama aiat postu in ie a posta pro dd'abbaidare totus. Ddi fiat partu de si dd'agatare semper in mesu de pees a moda de iscambeddu e de briga.

– Bage·si·nche dae inoghe, prestu – aiat naradu cun una boghe forte chi aiat sonadu in totu sa cresiedda: e luego sa corona de sos pitzocos si fiat allargada, si fiat franta, istesiende·si unu pagu prus in ie, semper cun Nina Masia in mesu, ma ponende·si totu a inghìriu in modu de dda lassare bìdere dae totu sos chi fiant in crèsia.

Totu sas fèminas fiant furriende sa conca manna a chirru suo sena de sessare de pregare; e pariat chi fiat issa s'ìdolu de sa cresiedda bàrbara aundada dae su fragu agreste de sos paesanos e dae su pruereddu rosadu de su mangianu campinu.

Issu fiat andadu deretu; ma su pistighìngiu creschiat. Aiat isfioradu cun sa beste su bancu in ue si soliat inghenugrare Agnese: un'antigu bancu de famìlia cun s'inghenugradòrgiu pintadu: e nd'aiat medidu cun sos ogros e a coa cun sos passos sa distàntzia dae s'altare.

"Bidende·dda pesende·si·nde pro esecutare su progetu suo funestu deo apo a acudire a mi retirare in sagrestia."

E intrende a sagrestia si fiat atzutzuddidu. Antiogu fiat caladu currende dae su campanile, pro dd'agiuare a si bestire, e ddu fiat isetende cun su guardarroba abertu, sèriu in cara, prus grogu de su sòlitu, agiumai tràgicu: pariat giai totu leadu dae sa missione sua futura, comente ddi fiat istada preigada su sero in antis; ma sa màscara ddi tremiat in sa cara frisca pro s'àera de su campanile, e a suta de sos covacos abbassados sos ogros ischintiddaiant de cuntentu, e a suta de sas lavras serradas sas dentes fiant siddidas pro frenare su rìsidu. Su coro ddi tochidaiat, cun a intro totu sa lughe, sos cuscusos, s'allegria de cuddu mangianu de festa. Totu in unu, però, mentras acomodaiat in su burtzu de su preìderu sa randa de su càmisiu, aiat artziadu sos ogros chi si fiant fatos oscuros: si fiat abbigiadu chi sa manu a suta de sa randa fiat tremende; e finas sa cara venerada fiat groga e avolotada.

– Male s'intendet?

S'intendiat male, ei, su preìderu, mancari faghiat s'atzinnu chi nono: unu fiotu de salia salida ddi preniat sa buca e ddi pariat sàmbene; ma in fundu a su malèssere suo ogriat un'isperàntzia.

"Apo a rùere mortu; si m'at a abèrrere su coro, e a su mancu at a èssere finidu totu."

Fiat torra caladu a cunfessare a sas fèminas, e aiat bidu a sa mama in fundu a sa navada, acanta de sa ghenna, firma firma e chìdrina, firma in sos ghenugros, pariat chi fiat bardiende s'intrada de sa crèsia e totu sa crèsia, pronta a dda poderare finas si nde diat rùere, s'in casu.

Ma issu non poniat prus ànimos; e, a intro, ogriat cudda isperàntzia de morte chi creschiat, creschiat, dd'istringhiat sas intragnas, dd'afogaiat su coro.

Cando fiat intradu a su cunfessionale si fiat calmadu unu pagu; ddi pariat chi fiat giai a intro de sa tumba, ma a su mancu fiat cuadu e podiat abbaidare s'orrore suo: e su murmutu lèbiu de sas fèminas a segus de sa grata, ispintu dae sos suspiros e dae s'àlidu callente issoro, ddi pariat su frusiare de s'erba de sa costera mòvida dae su passàgiu de sas tzilighertas: e Agnese fiat torra in ie, serrada in cuddu cuadòrgiu in ue tantas bortas dd'aiat giùghida cun issu in pensamentu; s'àlidu de sas fèminas giòvanas e su fragu de sos pilos e de sos bestires de festa issoro nuscosos de ispicu aiant atraessadu s'angùstia sua e creschiant sa passione.

E ddas assolviat a totus, dae totu sos pecados issoro, pensende chi a presse issu puru si diat presentare forsis a sa misericòrdia issoro.

A coa dd'aiat torradu a leare sa fèria de essire, de bìdere si Agnese fiat bènnida. Su bancu fiat bòidu.

Mancari non diat mancu bènnere. A bortas però issa si poniat in fundu a sa crèsia, arrambada a una cadrea chi ddi batiat sa tzeraca. Si fiat furriadu, aiat bidu torra sa figura tètera de sa mama: e inghenugrende·si pro cumintzare sa missa ddi fiat partu chi finas s'ànima sua s'indurghiat in dae in antis de Deus, bestida cun sa pena sua comente issu fiat bestidu cun s'alba e cun s'istola.

Issara si fiat obligadu a no abbaidare prus a segus, a serrare sos ogros ogna borta chi si depiat furriare pro beneìghere. Ddi pariat ca fiat caminende, caminende, in pigada, in sa repente de unu calvàriu;

e una contratzione nervosa lèbia dd'aiat tòrchidu sa mola de su tzugru ogna borta chi si depiat furriare a sa gente: issara serraiat sos ogros, ei, comente pro non bìdere s'abissu in pees suos; ma a traessu sos covacos de s'ogru tremende su bancu pintadu dd'apariat prus e prus, cun sa figura niedda de Agnese, niedda in su fundu in colore de chinisu de sa crèsia.

E Agnese fiat de a beru in ie, bestida de nieddu, cun unu velu nieddu a inghìriu de sa cara de avòriu: sa tzìbbia indorada de su libru suo de preghieras ischintiddaiat in sos pòddighes nieddos de sas manos suas inguantadas; e issa pariat chi fiat leghende ma non furriaiat mai sa pàgina. Sa tzeraca fiat inghenugrada a costàgiu suo, in terra, cun sa conca de iscraa rasente a su bancu: ogna tantu furriaiat sos ogros de cane fidele in artu fache a sa cara de sa mere, comente chi esseret ischidu su pensamentu tristu de issa e esseret bardiende.

E issu *bidiat* ogna cosa, dae s'altare; e non teniat prus isperàntzia, mancari, a sa fine, su coro ddi naraiat chi non fiat possìbile chi Agnese diat mantènnere sa minetza sua maca.

Cando aiat furriadu sas pàginas de su Vangelu una tzaculida de nervosu dd'aiat truncadu sas paràulas in buca, e si fiat torra intèndidu totu infustu de suore; aiat dèpidu pònnere sa manu in su libru ca ddi pariat ca si fiat dismajende.

Un'iscuta e fiat torradu in èssere.

Antiogu dd'abbaidaiat, abbigende·si de sos progressos de su male in cudda cara chi s'iscontzaiat comente sa de unu mortu; e dd'istaiat acanta, prontu a ddu sustènnere, furriende ogna tantu sos ogros a sos betzones chi sas barbas essiant dae sa balaustera, pro remirare si calicunu de issos s'abbigiaiat de su malèssere de su preìderu.

Nemos si nde fiat abbigiadu. Sa mama etotu, firma in su postu suo fiat preghende e isetende, sena de bìdere su male de issu.

E Antiogu si dd'acostaiat prus coidadosu, tantu chi issu si nde fiat abbigiadu e dd'aiat fissadu timerosu: su pitzocu aiat rispostu cun sos ogros suos allutos, cun unu movimentu lestru de sos covacos de s'ogru, comente a ddi nàrrere: «Già ddoe so deo inoghe; andet a in antis».

E issu andaiat a in antis, in sa repente de su calvàriu: unu pagu de sàmbene ddi torraiat a su coro, sos nèrvios si ddi calmaiant; ma fiat totu un'abbandonu disisperadu a su perìgulu, s'istendiare de su nàufragu chi non tenet prus fortza de gherrare contra a sas undas.

Furriende·si a sos fideles no aiat serradu prus sos ogros.

– Su Segnore siat cun bois.

Agnese fiat in cue, a su postu suo, indùrghida a lèghere as pàgina chi non furriaiat mai: sa tzìbbia indorada de su libru suo ischintiddaiat in s'umbraghe. Sa tzeraca si ddi fiat apirpieddada in pees, e finas totu sas àteras fèminas, incruidas sa mama in ie in fundu, setziant in terra apirpieddadas, ma aizu, prontas a s'artziare torra in sos ghenugros comente su satzerdotu esseret mòvidu su libru.

E issu aiat mòvidu su libru e aiat sighidu cun sas pregadorias e sos gestos lenos: e belle unu sensu de ternura ddu binchiat, in su disisperu suo, pensende chi Agnese dd'acumpangiaiat a su calvàriu comente Maria a Gesùs: chi diat pigare in pagas iscutas in s'altare, chi si diant torra atopare galu una borta, in pitzu de sa falta issoro, pro espiare paris comente aiant pecadu paris.

Comente dda podiat odiare si issa giughiat in fatu su castigu, si s'òdiu de issa fiat galu amore?

Aiat comunigadu, e su tzichigheddu de binu ddi fiat caladu a intro de su petus comente un'istìddiu de sàmbene: e como si fiat intèndidu forte, postu ànimos, cun su coro prenu de sa presèntzia de Deus.

E mentras calaiat a chirru de sas fèminas aiat torradu a bìdere, essende a pìgiu dae un'unda de concas bassas, sa figura de Agnese, firma in su bancu suo. Aiat abbassadu issa puru sa conca in sas manos, e forsis regolliat su coràgiu suo, in antis de si mòvere; e issu nd'aiat tentu totu in unu una piedade infinida: diat èssere chertu torra calare finas a issa, a dd'assòlvere, a ddi dare sa comunione comente chi esseret in s'ùrtima agonia. Aiat regortu issu puru su coràgiu suo; ma sos pòddighes suos tremiant acostende sa partìcula a sa buca de sas fèminas.

Aizu finida sa comunione, unu paesanu betzu aiat intonadu unu cantu religiosu. Sos fideles acumpangiaiant a mesu boghe sos versos, e a boghe isparta repitiant duas bortas s'antìfona.

Fiat unu cantu primitivu e monòtonu, antigu che sas primas preghieras de sos òmines in sos litos aizu abitados; antigu e monòtonu che s'iscùdere de sas undas in sa marina solitària; ma fiat bastadu cuddu murmutu a inghìriu de su bancu suo nieddu, pro chi Agnese diat tènnere s'impressione de èssere de a beru a unu tzertu puntu, a pustis de una curta afannosa a traessu de su litu primordiale, isbucada fache a mare, in sas dunas froridas de lìgios agrestes e indoradas dae s'arbèschida.

Carchi cosa ddi pigaiat dae sa profundidade de s'èssere; sas intragnas ddi pigaiant finas a sa gula: e totu si ddi bortulaiat a inghìriu, comente chi issa esseret caminadu dae ora a s'imbesse, a conca in bassu, e como esseret torrende a leare sa positzione naturale.

Fiat totu su passadu suo e de sa ratza sua, chi ddi torraiat a pigare, e dda torraiat a leare, cun cuddu cantu de betzos e de fèminas, cun sa boghe de sa mama de tita sua, de sos tzeracos, de sos òmines e de sas fèminas chi aiant fraigadu e arredadu domo sua e traballadu sos ortos suos e tèssidu sa tela de sos primos pannos suos.

Comente si podiat acusare in dae in antis de cuddu pòpulu chi dda cunsideraiat galu sa mere sua, prus pura galu de su preìderu in s'altare?

Issara issa puru aiat intèndidu sa presèntzia de Deus a inghìriu e a intro suo, in sa matessi passione sua.

Ischiat bene chi su castigu chi cheriat dare a s'òmine chi aiant pecadu fiat castigu suo etotu; ma Deus misericordiosu ddi faeddaiat como cun sa boghe grussa de sos betzos, de sas fèminas, de sos pitzinnos innotzentes; e dda poniat a s'avèrtida contra a issa etotu, dda cussigiaiat a si sarvare.

Totu sas dies suas solitàrias dd'isfilaiant in dae in antis, cun sos versos cantados dae sa gente sua; si torraiat a bìdere pipia, a pustis pitzoca, a pustis fèmina, in cudda matessi crèsia, in cuddu matessi bancu nieddu consumadu dae sos ghenugros e dae sos cùidos de sos mannos suos; sa crèsia etotu aparteniat in carchi modu a sa famìllia sua: dd'aiat fraigada un'antepassada sua e s'istàtua de Nostra Segnora sa paristòria naraiat ca dd'aiant torrada a leare a sos piratas barbarescos e torrada a batire a sa biddighedda dae unu majore de issa.

Issa fiat nàschida e crèschida in mesu de custas paristòrias, in un'atmosfera de mannesa chi dd'istesiaiat de pare dae sa pòvera gente de Aar, mancari lassende·dda in mesu de issu, inserrada in issu comente sa perla a intro de su conchìgiu ruzu.

Comente si podiat acusare a sa gente sua?

Ma apuntu custu de s'intèndere mere finas de su logu sacru ddi faghiat prus insuportàbile sa presèntzia de s'òmine chi fiat istadu pare suo in su pecadu e como si dd'ammustraiat dae in artu mascaradu de santidade, cun sos vasos sacros in manu; artu e luminosu a subra de issa indùrghida in pees suos, rea de dd'àere amadu.

Su coro si dd'unfraiat torra, de ira e de angùstia; e su cantu de sa gente dd'inghiriaiat tremende tenebrosu, comente suplichende dae un'abissu, e ddi pediat sarvesa e giustìtzia.

Deus como ddi faeddaiat oscuru e austeru, custringhende·dda a catzare dae su tèmpiu a su tzeracu suo impostore.

Si fiat fata groga, frita de unu suore mortale. Sos ghenugros ddi tremiant contra a su bancu; ma no aiat abbassadu sa conca, firma a abbaidare sos movimentos de su preìderu in s'altare. E intendiat comente in unu sùlidu malèficu essende·ddi dae buca, andende deretu a issu e tragende·ddu, faschende·ddu cun sa ghiddia chi imboddiaiat a issa.

Issu intendiat cuddu sùlidu de morte.

Comente in sos mangianos biaitos de ghennàrgiu, teniat sas puntas de sos pòddighes fritas che su nie; sa trèmula in sa mola de su tzugru dd'iscutulaiat prus a forte. Cando si fiat furriadu pro sa beneditzione, aiat bidu a Agnese chi dd'abbaidaiat. Sos ogros issoro si fiant atopados, in unu lampu de lughe, e issu, comente sos annegados chi andant a fundu, aiat ammentadu in cudda iscuta totu su gosu de sa vida sua, ùnicu gosu bènnidu totu dae s'amore de issa, dae sa prima mirada, dae su primu basu de issa.

Dd'aiat bida pesende·si·nde cun su libru in manos.

– Deus meu, siat fata sa volontade bostra – aiat tzunchiadu inghenugrende·si; e ddi fiat partu de èssere de a beru in s'Ortu de s'Olia, acanta de cumprire su fadu suo.

Pregaiat a boghe arta, e isetaiat; e intre su murmutu de sas preghieras ddi pariat de intèndere su passu de Agnese chi avantzaiat a chirru de s'altare.

"Allò·dda... si nd'est pesada dae su bancu, est in su tretu intre su bancu e s'altare. Allò·dda... est in cue caminende: sunt abbaidende·dda totus. Est in cue in palas meas."

S'ossessione dd'aiat torradu a leare de gasi a forte chi sa boghe si ddi fiat firmada in gula. Aiat bidu a Antiogu, chi giai fiat cumintzende a istudare sas candelas, furriende·si de repente e abbaidare; e no aiat dubitadu prus. Issa fiat in cue, in palas suas, in sas iscalinas de s'altare.

Si nde fiat pesadu; ddi fiat partu de tocare sa bòveda cun sa conca e de s'intèndere ischitzende; sos ghenugros si ddi pinnigaiant torra, ma cun un'isfortzu fiat renèssidu a pigare in s'iscalina e a andare a chirru de s'altare pro torrare a leare sa pìsside.

E furriende·si pro torrare a sa sagrestia aiat bidu a Agnese chi dae su bancu suo fiat lòmpida a sa balaustera e fiat pro nche pigare in sas iscalinas.

– Deus, meu, Segnore, pro ite non m'ais permìtidu de mòrrere?

Issu aiat abbassadu sa conca in sa pìsside; e ddi pariat chi fiat esponende su gatzile biancu a su corpu de segura chi ddu depiat fèrrere.

Andende a chirru de sa ghenna de sa sagrestia aiat bidu però a Agnese chi s'indurghiat issa puru, inghenugrende·si in s'iscalina a suta de sa balaustera.

Issa aiat trabucadu in sa prima iscalina a suta de sa balaustera e comente chi una muràllia si ddi fiat de repente artziada in dae in antis, si fiat pinnigada in sos ghenugros. Non podiat sighire prus. Unu velu fitu dd'annapaiat sos ogros.

Petzi a pustis de carchi momentu aiat torradu a bìdere sas iscalinas, su tapete grogatzu in pees de s'altare, s'altare froridu e sa làmpada alluta.

Ma su preìderu fiat iscumpartu: in ue ddoe fiat issu un'ogru de sole atraessaiat a tortu s'àera e faghiat una mantza de oro in su tapete.

Issa s'aiat fatu sa rughe, si nde fiat pesada e fiat andada fache a sa ghenna. Sa tzeraca dda poniat in fatu: sos betzos, sas fèminas, sos pitzinnos si furriaiant a dd'abbaidare e ddi risitaiant e dda beneighiant cun sos ogros, comente sa mere issoro, su sìmbolu issoro de bellesa e de fide; tantu a tesu dae issos epuru in mesu de issos e de sa misèria issoro che a sa rosa puddèriga in mesu de su ruu.

In antis de essire, sa tzeraca dd'aiat aporridu cun sa punta de sos pòddighes s'abba beneita, e in sa ghenna si fiat indùrghida pro dd'iscutulare cun sa manu su prùere de s'iscalina de s'artare chi ddi fiat abarradu in sa bestimenta.

Pesende·si·nde aiat bidu sa cara groga mera de Agnese fache a su cugione de sa crèsia in ue fiat sa mama de su preìderu: e custa chi fiat firma firma, sètzida contra a su muru, cun sa conca abbassada in petorras, e pariat chi fiat faghende fortza a poderare apuntu su muru comente chi fiat timende pro non de rùere.

Una fèmina, abbigende·si de s'atentzione de Agnese e de sa tzeraca, si fiat furriada issa puru a abbaidare; a coa in unu sàddiu fiat acostada a sa mama de su preìderu, dd'aiat mutida a bellu, dd'aiat artziadu sa cara cun sa manu.

Sos ogros de sa mama fiant mesu serrados, ma fissos, e sa pipia ddi fiat pigada in artu, iscumparta; su rosàriu ddi fiat rutu dae manos, sa conca si fiat pinnigada in su costàgiu de sa fèmina chi dda poderaiat.

– Est morta – aiat aboghinadu sa fèmina.

In unu momentu fiant totu apuntados, totus in fundu a sa crèsia.

Pàule in s'ìnteri fiat giai torradu a sagrestia, cun Antiogu chi giughiat su Vangelu.

Si tremiat: tremiat de fritu e de cuntentesa; teniat de a beru s'impressione de un'iscampadu a unu naufràgiu, e intendiat su bisòngiu de si mòvere, pro si callentare, pro si cumbìnchere chi fiat istadu totu unu bisu.

Unu sonu confusu de boghes, in antis lenu, a coa semper prus forte, pigaiat dae sa cresiedda. Antiogu si fiat incaradu in sa ghenna e aiat bidu totu sa gente firma in cue in fundu, comente chi sa ghenna esseret tuponada; ma giai unu betzu fiat pighende in sas iscalinas de s'altare faghende atzinnos misteriosos.

– Sa mama s'intendet male.

Pàule fiat curtu che lampu, galu bestidu cun s'alba, e si fiat inghenugradu, istrintu dae sa gentòria, pro abbaidare mègius a sa mama istèrrida in terra cun sa conca in coa de una fèmina.

– Ma', mama?

Sa cara fiat firma e chìdrina, sos ogros mesu serrados, sas dentes galu siddidas in s'isfortzu de no aboghinare.

Issu aiat cumprèndidu luego chi issa fiat morta de sa matessi pena, de su matessi terrore chi issu nche fiat resurtadu a superare.

E issu puru aiat siddidu a dentes pro no aboghinare, cando aiat artziadu sos ogros e in sa nue confusa de sa gentòria chi si dd'ammuntonaiat a inghìriu aiat atopadu sos ogros de Agnese.

S'Autora

GRAZIA DELEDDA est nàschida in Nùgoro su 27 de cabudanni de su 1871. Fiat sa de chimbe de sete figios de una famìllia acaudalada, cosa chi dd'at dadu sa possibilidade, a pustis de sos pagos istùdios permìtidos a sas fèminas a sa fine de s'Otighentos, de sighire a s'istruire in privadu e comente autodidata. S'est isfortzada meda pro imparare s'italianu, chi pro issa fiat sa segunda limba. Tenende contra sa famìllia e sa comunidade nugoresa at cumintzadu a publicare suta pseudònimu.

Dae printzìpiu s'est impignada e s'est proposta a diferentes rivistas, sardas e de totu s'Itàlia. In sa prima fase de sa carriera de iscritora s'est dedicada cun passione a sos istùdios subra sas traditziones populares de Sardigna. Totu su materiale regortu subra su folklore sardu est finidu poscas in sas òperas suas.

Tenende pagu prus de binti annos fiat giai collaborende cun paritzas rivistas, sardas e a pustis natzionales, e at publicadu contos e sos primos romanzos. Su primu contu, *Sangue sardo*, dd'ant publicadu in su 1888 in sa rivista romana *Ultima moda*, e de su matessi annu est su primu romanzu, *Memorie di Fernanda*. In su 1890 at publicadu sa prima regorta de novellas, *Nell'azzurro*.

Dae su 1895 at cumintzadu a tènnere sas primas soddisfatziones dae su traballu. Su romanzu *La via del male* at tentu renèssida bona de crìtica e sos romanzos ant cumintzadu a èssere traduidos foras de Itàlia.

In su 1900 s'est cojuada e si nch'est andada a Roma, dae in ue non s'est prus mòvida francu pro carchi biàgiu curtzu.

Dae issara at publicadu belle unu libru a s'annu. Pro nd'ammentare calicunu (sos romanzos sunt prus de trinta e sas novellas unas batorghentas): *Elias Portolu* (1900), *Cenere* (1903), *L'edera* (1908), *Canne al vento* (1913), *L'incendio nell'oliveto* (1918), *La danza della collana* (1924).

Cheriat tènnere unu pùblicu in totu s'Itàlia, pro fàghere a connòschere sa Sardigna, e at iscritu totu sas òperas in italianu, finas si non mancant espressiones e paràulas in sardu, chi issa etotu poniat in cursivu e traduiat.

S'interesse chi teniat pro s'interioridade de sos personàgios at fatu bìdere a sos crìticos un'assimìgiu cun su romanzu decadente e simbolista, e pro sas rapresentatziones de sa vida de sas biddas sardas dd'ant acostada a su romanzu realista.

Cun sa maturidade at abbandonadu su panorama mannu de sa literadura europea pro si dedicare belle de su totu a una terra, sa sua, chi galu non possediat un'estètica dae su puntu de bista literàriu.

Su bisu de Grazia Deledda, chi ischiat bene sa novidade de s'òpera sua, de èssere iscritora, at tentu su coronamentu in Istocolma in su 1927, cando at bintu su Nobel pro sa Literadura *«for her idealistically inspired writings which with plastic clarity picture the life on her native island and with depth and sympathy deal with human problems in general»*.

Sos romanzos suo prus cumpletos ant tentu unu pùblicu mannu meda finas a livellu europeu ca, mancari teniant comente fundu printzipale sa Sardigna, pertocaiant drammas universales de passione, disìgiu, pecadu e curpa. Sos personàgios sunt semper in mesu de unu cunflitu intre disìgios e tabù. Gherrant contra a proibitziones impostas dae sa sotziedade, printzìpios religiosos, antigos còdighes de cumportamentu e, cosa de no ismentigare, contra a sa fortza de sa cussèntzia issoro semper a metade caminu intre su disìgiu de vida e su sensu de curpa. Ma sunt belle semper bintos dae unu destinu chi non s'ischint opònnere.

Custos temas, chi benint finas dae sas diferentes leturas de s'autora, si alimentant dae su fundu de su panorama sardu, semper protagonista beru e in su coro de sa literadura sua.

Sos deghe annos a pustis de s'intregu de su Nobel sas òperas ant sighidu a essire a ritmu lestru: *Annalena Bilsini* (1927), *Il vecchio e i fanciulli* (1928), *Il paese del vento* (1931), *L'argine* (1934), *La chiesa della solitudine* (1936). Bastante mannu finas su nùmeru de sas tradutziones.

Grazia Deledda est morta in Roma su 15 de austu de su 1936 e como est sepultada in Nùgoro in sa Crèsia de sa Soledade.

In su 1936 est essidu a pustis morta unu romanzu de caràtere autobiogràficu, *Cosima*, testimonia pretziosa subra sa gioventude e su caminu de iscritora de Deledda.

Sos tìtulos de sa colletzione "Le Grazie"
dedicada a Grazia Deledda

Memorie di Fernanda, 1888
Nell'azzurro, 1890
Stella d'oriente, 1890
Fior di Sardegna, 1891
Racconti sardi, 1894
Tradizioni popolari di Nuoro in Sardegna, 1894
Anime oneste, 1895
La via del male, 1896
L'ospite, 1897
Il tesoro, 1897
Le tentazioni, 1899
La giustizia, 1899
Il vecchio della montagna, 1899
Elias Portolu, 1900
La regina delle tenebre, 1901
Dopo il divorzio, 1902
Cenere, 1903
Nostalgie, 1905
I giuochi della vita, 1905
Amori moderni, 1907
L'ombra del passato, 1907
Il nonno, 1908
L'edera, 1908
Il nostro padrone, 1910
Sino al confine, 1910
Nel deserto, 1911
Chiaroscuro, 1912
Colombi e sparvieri, 1912
Canne al vento, 1913
Le colpe altrui, 1914
Il fanciullo nascosto, 1915
Marianna Sirca, 1915
L'incendio nell'oliveto, 1917-1918

Totu sos libros si podent agatare in formadu eletrònicu (epub, Kindle).